玫瑰三願

黃玫瑰

美娘蘭

花鳥圖

愛貓少女

夜

威爾斯綿羊之三

雪在融化

雪山小站

冬之黃昏

森林之旅

雪地黃昏

月亮的組曲之三

再生林

愛爾蘭海濱

水堡

三民叢刊143

留著記憶‧留著光

陳其茂著

三民書局印行

目次

光著留·憶記著留 2

序

陳其茂

年輕的時候，我沈溺在想像及多方嘗試中，生活在幻想之間，心中像是珠寶箱，記憶似寶物，一樁樁記憶，如同一件件珠寶，存入珠寶箱內。空閒時間，我像個守財奴，打開珠寶箱，仔細地欣賞著這些寶物。後來，年紀漸大，生活在忙碌環境中，有時打開心中珠寶箱，點數一下寶物，有些記不起來了，心中珠寶箱卻是混亂雜陳。

這幾十年來，我喜愛用彩筆、刻刀而作畫，也喜愛用筆寫文，在生活中一些印象較深的物與事，都會流露在文章內或是顯現在畫面上。十幾年前，國家畫廊舉辦我「歐遊小集展」，許多朋友要我在畫境中寫些文章，使讀者更能欣賞。那時候，我在《中國時報》、《中央日報》、《自由日報》副刊發表「我說我畫」系列文章，只是部分版畫作品配合。今天，十餘年了，我因搬家，清除掉舊報紙，而找到這些作品，規劃成書，留著了記憶，也留著光，有光即有影，而成畫。獻給喜愛我作品的朋友們。

大部分作品是「歐遊小集」系列的，我與貞婉都喜歡旅遊，探名山看大川，讀萬卷書，行萬里路，而獲得更多天地間之靈氣，而成自己創作之靈感，《論畫體》書上張彥遠說：「夫陰陽陶蒸，萬象錯布，玄化七言，神功獨運，草木繁榮，不待丹綠之采；雲雪飆揚，不待鉛粉而白；山不待空青而翠，風不待五色而綷。」旅人的想像力也就豐富了，為畫為文，皆能得心應手。雖然不能「筆驚風雨，紙生雲煙」而卻「四時之景，由我心造」。

——一九九六年八月八日寫於海德別墅

我說我畫

木刻誤我三十年？

今年九月間，我去文化中心參加葉老畫家的畫展酒會，巧遇一位比我年長的友人，他看到我，即用感嘆口氣對我說：「木刻誤你三十年！」當時我聽了，覺得很不是滋味，這位友人的意思是說如果我當時不作木刻版畫而改作其他的畫，可能比較有成就。十月底，陳庭詩來臺中開水墨書畫展的次日，一位銀行經理來買畫，看到畫已被訂購了十餘幅，他很誠懇地向陳庭詩建議：「此後不要作版畫，改作水墨畫。」想起了前年陳庭詩應中外畫廊之邀，開版畫展，十天之間僅賣出一幅。比較之下，難怪黃經理勸陳庭詩放棄版畫。這時候，我才明白，原來一般人認為作畫是否有成就，是以畫的銷路而論。而那位友人的話，使我的心隱隱作痛。

自我習畫以來，一向以自己的興趣而畫。畫水墨，因字寫得太糟，不敢繼續下去，水彩、油畫也沒有什麼獨到之處。偶爾，有一個機會，王琦贈我一套木刻刀，要我試作木刻，那時為了便利於插圖及印刷方便，著手木刻作畫。

一九四六年來臺之初，與詩人汪玉岑同住一幢宿舍，他寫詩，我畫畫，常在工作之餘，聽他朗誦詩篇，或是他看我作畫，他喜愛木刻，建議我不必重視構圖，而在意境方面多注意。木刻是屬於詩的，他特別強調英國詩人布萊克的插畫。

汪玉岑的老師郭紹虞要他去同濟大學任教而離開臺灣，約好一年後再回來臺灣，那知上海淪落匪手之後，一直沒有他的消息。我木刻改變風格是他給我的啟示。

我陸續地發表木刻作品，先後出版過《青春之歌》抒情木刻畫集，方思、紀弦等人配詩。《原野之春》山地木刻畫集，楊念慈等詩。我也曾介紹過世界名家木刻，文星版的《黑女尋神記》及《死亡之舟》，光啟版的《人類的命運》。以後光啟又出一本我的木刻選集《天鵝湖的月》。這些書都已絕版。

我作畫全憑興趣，很少為了名利打算，二十年前，救國團邀我在臺北開木刻展，也以不賣畫為原則的。現在經老友的這一番話：木刻誤我三十年，我實在慚愧，一直在「沒有成就」之中。

藝壇上，我承認我是一名傻子，要傻子變為聰明，是一件難事。因而我默默地作沒有人想做的，三十年了，青春的歲月渡過，我依然是這個樣子。

歐遊小集的版畫作品

去年應英國威爾斯卡迪夫雪爾曼藝教中心之邀，到威爾斯舉辦畫展，展出時間是九月到十月。巧好威爾斯大學教育學院函邀貞婉出席一個會議，因此，我倆可一道出國，作兩個月歐洲旅遊。歷史博物館邀我展出「歐遊小集」專題展乃欣然答應下來，著手整理、製作六十幅木版畫。

回國後的一年間，在上課之餘，我為「臺副」撰寫一系列旅遊報導文章，並且整理部分速寫稿，製作版畫，忙忙碌碌，忙得極愉快。

現在，報導文章已發表了十餘萬字，由學人文化公司編入《學人叢刊》，定名為《卡卜里島的太陽》，九月間已出書。畫的部分也完成了預定的六十幅，將在十二月十三日起在歷史博物館國家畫廊展出一週。

「歐遊小集展」的每一幅畫，畫面雖不大，卻不是小品之作。

近五年來，我曾二度去過歐洲義大利、荷蘭、比利時、瑞士、法國、西班牙、英國等地。在羅馬，我喜愛那宏偉的大教堂，羅馬城內古老的建築物，但是出現在我畫面的卻是那精美的小教堂，亞西西的小街道，羅馬小巷。原因有二：其一是我尚未找到較大的木板。其二是留在我腦際的這些獨特徵象，比較容易表現。兩幅《小教堂》及《小街》都是取自亞西西地方的，我對這美麗小鎮頗有好感。《水上人家》在索連多畫的，緊靠在地中海的一列房舍，我們在這裏住上好幾天。《卡卜里島》僅描繪島的一個小畫面，在岩石山上建的小住宅，住在那裏瞭望一片汪洋，白天帆船點點，晨昏彩霞之間，海鷗翱翔，義大利人說：「索連多是天上掉下的一塊樂園。」那麼卡卜里島是樂園中的精粹。難怪許多歌唱家及許多明星在此建造別墅。

在佛羅倫斯有三個作品，《鐘塔》是市政廳建設之一，這樓房最能代表文藝復興時代的建築物。《翡冷翠小巷》畫那狹小的巷道。《小岡》畫那郊區的小丘坡，一片種植類似桃花的樹木，非常美麗。

威尼斯僅留下一幅《橋》，像這一類的橋有百餘處。

在瑞士，我特別喜愛雪景，《瑞士初雪》、《小車站》、《雪山行》都是高山地方的雪景。瑞士道路旁小村莊，常有一種木造的小屋，小樓窗口突出來，白壁紅瓦，格外吸引人的。《瑞士小屋》僅是其中之一。

到了荷蘭，在阿姆斯特丹市林布蘭特廣場邊的一家飯店住下來，這裏房屋建築特殊風格，樓頂常是梯形，一階一階的。我到了林布蘭特的故居，一幢四層樓房，把它刻為木版畫，黑白強烈對比，效果不錯，這是我唯一用單色的一幅。以後又刻英國坎特伯里城，雕刻那複雜的牌樓，其效果不及林氏故居了。有一幅純是表現荷蘭傳統的房屋，是在市區的一角落畫的。在阿姆斯特丹市郊，有一處樹林，樹幹長至一丈時，即砍去上端枝葉，讓許多小枝條生長出來，記起梵谷常喜愛畫此類樹林的，我試作一幅，名為《冬之林》。

從阿姆斯特丹搭乘火車到比利時，住布魯塞爾，比利時朋友佳壘夫婦駕車導遊，在那高高低低不平的市區內轉了一大圈，然後車子開向市郊，一大片森林，在黃昏中格外的美，一群群飛鳥，旋迴飛翔在林間，我的作品《黃昏》是這裏的一小部分，此刻讓我想起了神話裏的《森林之夜》，牧神的戀愛故事。

去安特衛普看國家美術館，畫下了《水堡》，我喜愛古堡，到了布魯塞爾時，想到另一位比利時友人，曾來過臺灣，他祖父為海軍大臣，在布魯塞爾市郊建一古堡，五年前當地政府收購，改為博物館。可惜我們八月到達時，他已渡假去。繼《水堡》之後，我作《黃昏寒鴉》，在那黃昏的郊野，一陣陣鴉雀飛過。

二度訪巴黎，有十餘天時間逗留，整天忙碌著參觀，拍了不少幻燈片，畫稿卻很少。這次僅有一幅《老樹豔花》，是從梵爾賽宮走去森林小茅屋之途中畫的。

西班牙是我前次去的，貞婉沒有同往。給我印象最深的是普拉多美術館及托利多小城。《鄉村教堂》是去托利多途上畫的。《山脊》及《古堡門》在托利多畫的，《焰火》是在馬德里時的作品。

在英國有個把月時間，我喜愛威爾斯的草原。那一片片青草地，點點綿羊群。綿羊群中有純白的，有黑頭的，非常可愛。英國友人瑪麗安陪我們去那聞名世界的風景區，英國國立公園——湖區。住瑪麗安的父母家，湖區附近康伯蘭鎮，地廣人稀，聽瑪麗安父親說，這地區一畝地僅有一人，但有十七隻牛，三百隻綿羊。

英國可愛的地方就是那青色的草原，到處是綠油油地，綴著綿羊點點白，令人神怡。我著手作《綿羊》四幅，春夏秋冬四季不同的綿羊，後來又加上《深秋的山坡林》，黃綠之間又加上三隻羊兒，讓畫面上活潑了些。

訪湖濱詩人的故居與其墳地，那地方保留著許多維多利亞式的、甚至伊莉莎白時代的木頭建築，石瓦、黑木條、白牆，整理得乾乾淨淨，我的《小鎮》是刻畫給西克鎮。

路易士教授導遊北威爾斯時，關達博士把車子開到那青青群山之中停了下來，路易士教授驕傲地說：「藝術家，你看，這一片天然景色是上帝的傑作，天下之間少有的美景。」路易士教授雖是個教育家、藝評家，卻兼有詩人氣質，對於自然美景非常敏感。他買一幢白屋在這深山之中，我們住他家。當晚，關達博士為我們做了一道大菜：烤羊肉，是威爾斯草原養育的綿羊的肉。

在這白屋裏，我看路易士教授收藏的許多藝術文物，非洲的木雕也懸掛在客廳及餐廳，英國當代名家的油畫、水彩及版畫也在此出現了不少。我看到一幅我的《壁畫》，鄭善禧的《貓頭鷹》，王榮武的山水及李穀摩的字。是三年前他到臺灣的收穫。

清晨，我帶著速寫本出去，畫了兩張白屋，畫樹林，畫山巒。路易士教授說：「我知道你會畫這些的，沒有一個畫家在此會放棄畫這些景物的。」

巧好是路易士教授七十大壽，我把這些素描送給他當做賀禮。

《森林之旅》及《林地》是在這裏畫的。雖然把一些速寫稿子已交路易士教授了，留在我腦子裏的威爾斯美好的景色，尚十分清晰地呈現在眼前。如那些在日落時分趕羊回家的林道中之《黃昏》。

《蓄水池》也是威爾斯的景色，以水天一色加上淡黃沙灘、白雪地，好美。

去莎士比亞故居地斯特拉佛鎮，畫莎翁的房子及莎翁夫人安・哈莎威的娘家房舍，其風格不同。另一幢依莉莎白的古式房屋，極有紀念價值。

《町騰廢墟》是瑪麗安開車專程帶我們去的，這是一座建在南威爾斯的天主教修院，亨利第八燬了修院，佔其財產，遺留這廢墟，以後成為詩人和畫家作品題材，也是英國文學史上有名的地方。

六十個作品大部分寫景物為主，其他如《小兄弟》兩隻小鹿是出現在森林間的，《雙棲圖》、《水鳥》、《等待》等是威爾斯海濱常見的水鳥。人物方面除了《森林之夜》之外，《貓與花的日子》，那個女人沈醉在貓與花之間。《裸睡的安娜》是在巴黎畫的。《虔誠》在羅馬一所教堂內所見。

另三幅《松鳥的傳說》是詩篇的插畫。

在刻版技巧上，我盡量簡化線條，使其面與另一面的呈現能清楚而有力。套色版以三色為準，沒有像已往那麼繁多，讓畫面明朗。記得我在雪爾曼展覽時，畫廊的所謂「掛畫專業人員」，是一位畫家兼任的，在我到達之前，他已把畫廊改用白色壁布，黑色天花板，換上土黃色的地毯。他想中國木版畫該是黑黑的畫面。看到我的畫之後，大為驚訝，說我是反傳統的中國木版畫。我不承認我反傳統，卻想把中國木版畫現代化而已。

信心的確立

英國藝評家德瑞克・司蒂爾斯讚美我的畫是融合了詩的意境，透過精巧木刻，與靈活彩色之運用，作品特質誠摯樸實，有親切感。從威爾斯畫展之後，我確立了信心，三十年來所下的工夫，不敢說是有成就，總算有了些成績。

我很感謝那位老友為我歷來致力木刻而惋惜。但我想，該走的路，還是得走下去的。

幾年前，我曾試作銅蝕，也作過絹印，想讓自己的作品跟上潮流。當我首次歐行的時候，在羅馬、威尼斯、日內瓦、巴黎、馬德里等地的版畫畫廊參觀過後，決心多作些木刻版畫，原因是：一、木刻版畫富有東方藝術情調，我國先民為世界創下第一張版畫，又刻出第一張套色版畫，為世界版畫之創始，我當要繼續。二、在歐洲各地版畫畫廊極流行銅版畫及絹印、石印，均為印刷技巧上的表現，要費工夫在木版上，一刀刀地刻，一塊塊地挖，幾乎極少人做，我來刻。

傻子總是作些人家不想做的事，我安分地，毫無怨言地作。不但自己作，還要鼓勵大家做，共同發揚木刻版畫藝術。

——六十九年十二月寫於「歐遊小集展」之前日

山水圖

有時候，我關在畫室內，虛構那夢想的景物，重重疊疊的山峰，出現在雲霧之中，那峭崖之下滾滾江水逐流著三二小舟。猶如黃君璧大師筆下的《峨嵋金頂》，在高聳的山頂上，一座古寺廟，一片叢林。這樣，可把處於百忙中的城裏人，帶入一個靜謐的境界中，使人忘了那世俗的煩惱事而步進清新的大自然中，沒有囂擾的雜音及空氣污染，也別擔心車輛撞擊，在這青翠的山中，有的是清脆鳥鳴，寺院的晨鐘暮鼓，讓你享受到的，是自然與和諧。

山，原是奧祕的，愛山的人一輩子享用山岳的樂趣，山的靈性給予人崇高的氣質。我的這幅《山水圖》循著我國傳統山水畫法而作，刻劃出線條多似披麻皴及雲頭皴，以黑色為經，白線為緯。加印上古銅色的底，使其類似古畫的氣氛。

一九七九年九月，在英國威爾斯畫展前夕，瑪麗安小姐陪我與貞婉去卡迪夫一家書店買書，這書店不大，那老闆娘認識小說家韋英，對他特別崇拜，所以銷售韋英的書算是齊全，而我們剛去過牛津訪望過韋英，他託我們帶一本他的舊作贈給書店主人。在書店內，遇見一位威爾斯大學教授，說是開過中國哲學課，並曾經出版過兩本有關「中國文字形態」的書。他給我看藝教中心給他的邀請卡，說晚上要參加我畫展的預展酒會。

預展酒會是九月十二日下午七時舉行，應邀而來的許多學術界名流及藝術家。在人群中，我看到了這位自稱是中國通的教授，帶了兩位年輕女性來。——他的女兒及女友，熱心地為她倆講述中國木版畫的傳統與現代。特別指這幅《山水圖》為傳統的代表作品。五十二個作品逐幅解釋。最後，他訂了三幅畫，每人各選一幅，他選的就是《山水圖》，女友選了《古松與鳥》，女兒選了《花》。

《山水圖》是一九七六年的作品，曾參加過四次展出，特別喜愛它的人並不多。在一九七八年臺中市中外畫廊個展時，那時候專寫藝術介紹的莊伯和兄，非常推崇這個作品，說這個作品承傳了中國畫古拙的韻味。

一九七八年臺北龍門畫廊展出時，一位美籍太太買過這幅畫。

——七十年十二月《自由日報》

山岡上的黃昏

一個想像。

或是一個夢。

我還能像兒時在故鄉的羅漢坡嬉戲?當然不可能的，兒時的那一段時光，只是存在記憶中。記憶像一珠寶匣子，讓處於凡俗的境界，為生活而忙碌的人，有時也能打開心愛的珠寶匣子，數一數那珍藏的每一件寶物，也是一件美好的事情。

故鄉之美，在我腦際間，仍然十分清晰。每當秋風起，我最喜歡到羅漢坡山岡上，那高大的古松，我躺在綠茵上望著天上行雲，聽那松風呼呼作響。

站在羅漢坡上，望那對面的一片白茫茫蘆葦，隨風搖曳著，像浪花澎湃在海洋之間，黃昏在天上染上一片紅與黃，夜霧瀰漫，鳥雀陣陣歸巢，吱吱喳喳地一陣噪音，劃破了這山野間的靜寂。

騷擾的一剎那過去了，一切恢復了山間的靜謐，一切都該還給了夜晚。

唸中學的時候，離開故鄉到城裏去。有三位比較要好的同學，我們約定好，每月四週之間，有一週不回家，其餘三週，每週去一位同學家。這樣，我們去過不同鄉村，看過不同景色，訪過附近古蹟，學期完了大家一致喜歡到我家來，原因是地方上有多處美景，如在拱橋下的釣魚，相思樹林間打獵，羅漢坡野餐，東埔坪上放風箏等等。

有一次大表哥請幾位朋友去羅漢坡露營，我乘機通知同學來參加，知道大表哥好客，多些人參加，在山岡上也壯膽些。真是惡作劇，深夜裏，大表哥講鬼故事，使我們整夜不敢睡，偶爾三兩聲鴉叫，我們都震驚不已的。而大表哥卻呼呼大睡。

第二天中午，姑媽叫姐姐幫我們做一批食糧來，有炸年糕、炸魚、燒雞、紅燒蹄膀等等，大家非常興奮，大表哥在背包裏藏的酒取出來，這一餐豐盛佳肴，大家都感謝姐姐的烹調工夫。姐姐的菜做得不錯，幾年來媽媽常病身弱，一切家務事全仗姐姐一人處理。

下午，姐姐沒有回去，說要跟大夥兒一起玩。大表哥與他友人下棋，我的同學們則躺在地下看書，應付下週考試。姐姐採了許多狗尾草及棕櫚葉子，製作許多小動物形態，用狗尾草做的狗，用棕櫚葉編成蚱蜢、蝴蝶及小甲蟲等等，誰想要就向她要，有求必應，大家都皆大歡喜。

下午三時許，大表哥說要拔營回去，一下子大家動手，不到一小時，整理妥當，我的同學依然留戀這裏景色，一直要逗留到黃昏時才歸。

大表哥一行五人先回去，姐姐與他們同行。我們三人留後再觀賞一下此地黃昏的美景。

當太陽西下，我們坐在山岡上的樹下，瞭望那一片白茫茫的蘆葦，黃昏是在夜晚前的最美麗一剎那，直到千百烏鴉飛滿天的時候，我們才漫步下山來。

——七十年十月《自由日報》

壁畫

馳名世界的東西大壁畫，東方的敦煌石窟，及西方的西斯町大堂天花板，都能稱得上藝術的偉大傑作，以供後人之研究與鑑賞。

我是中國人，東方大壁畫就在我國甘肅省，可是大陸陷於匪共，不能前往觀賞。倒是西方大壁畫，我參觀過兩次，那是二度歐行時，在羅馬去梵蒂岡博物館，而觀賞這位雕刻大師米開朗基羅的傑作。對米氏的作品，我有偏愛，我搜集他的畫集及作品全部的幻燈片。

對於敦煌壁畫，僅是在書刊的報導而知道一點，不能親往觀賞，是一件憾事。前年在英國時，我曾拜訪過淩叔華女士，這位文學與藝術均有成就的老人，她曾回大陸過，她說，主要的是去看敦煌，看敦煌是她一生之願望。終於在老年時候去了一趟敦煌，對於敦煌的壁畫及雕塑藝術，非常讚美。

前幾年，美國哥倫比亞大學圖書館一位友人寄給我一套敦煌壁畫幻燈片，那時，我曾好幾次邀請畫界友人來欣賞，將近百張幻燈片，每畫面都極精彩，這樣讓我知道了些有關敦煌的壁畫，還是無法深入。

被這些美好畫面所誘惑，我試用紙版刻製了一幅版畫，主題描繪兩位天神。據說，敦煌藝術受印度之影響，許多天神之造型都是寬胸、細腰、大臀部。

這幅版畫製作完成之後，出我意料的成功，那些線條及背景，均能顯示出中國古代的繪畫，而能充分地表現出壁畫的味道。

四年前，英國藝術評論家路易士教授來臺灣，他想收藏一幅我的畫版，結果，他挑選出來的是這幅《壁畫》。他說：「這幅畫不只代表了中國，也代表了東方的藝術。」

前年，我去英國，特地去路易士教授的山中白屋小住三四天，參觀他收藏的藝術品，看到我的《壁畫》掛在他們餐廳牆上。餐廳有二十坪之大，這一間全部是掛版畫，有亨利摩爾諸家的作品。

路易士教授指著《壁畫》說：「很出色。」

《壁畫》首次展出是在第三十屆全省美展，那時候以評審委員身分參展的，第一張作品也為教育廳收藏。

——七十年六月十九日《自由日報》

陳家姐妹

我知道了大表哥的祕密了。他要我不把這祕密公開，以一套《兒童物語》書為酬謝。好吧，為這套《兒童物語》，我絕不把它宣揚出去。

大表哥從城裏回來，他鑾守信的，遞給我一包書。「這是送你的《兒童物語》，拿去吧。」他說。

我接過來，直往家裡跑，到了房間把紙包打開，這不是《兒童物語》，而是詩集、散文集之類的書。我知道這不是給我的書，是拿錯了，正想拿去換，大表哥進來。

「給你的書拿錯了，詩、散文你看不懂。」大表哥把手上的一包給我。「這才是你的《兒童物語》。」

「大表哥，一套《兒童物語》，我只能為你守祕密一年，明年無效，你該再送我一部《安徒生童話集》。」我得寸進尺地試探一下大表哥的意思。

「小鬼，小小年紀學會敲詐。」大表哥一向很愛護我，我要的東西，都不會落空：「不過，你得幫我做一件事，把這些書（那詩與散文）送去給……」

「送去那裡？給誰？」我問。

「住在相思林旁的陳家姐妹。」

大表哥真不怕羞，臉也不紅。把信夾在書內，然後小心地包好。

「陳家姐妹。大表哥，你是喜歡那一位，是姐姐還是妹妹？」

「姐姐叫陳秀儀，妹妹叫陳秀姑，姐姐已經訂婚，我要的是妹妹。她倆都在城裡女校就讀，一向喜歡家附近的那相思林幽美景色，回鄉的時候，經常在那裡。今天黃昏或明天清晨，你把書送去。」大表哥說。

「你自己送去不好嗎？」我奇怪地問。

「那可不行，被人看到就糟了。」大表哥不喜歡這裡閉塞的村民，不開通，又好管閒事：「要是有謠言傳到爸爸耳朵，那我書也不用唸了，回鄉下種田。」

聽說姑媽已經為大表哥訂了一門親事，富有人家的千金，大表哥不同意，嫌她不美，不喜歡她。因之，近來很少回鄉下來。

黃昏時分，我去相思林，有一溪流，我脫掉鞋子，涉水過去，看到陳家姐妹背依白楊樹，坐在青草地上，各自專心閱讀。

天空及流水一片金黃色，映在青綠的相思林之間。那白楊樹下一對姐妹花，是遍地鮮花之王。蟲兒為她們低鳴，鳥兒為她們高唱，這一片美景留給我至深的印象。雖然時間過了四十年，那裡的一草一木，潺潺的流水聲，喳喳的蟲鳴及吱吱的鳥叫，我的記憶猶新。

那時候，我走向白楊樹，陳家姐妹中止閱讀，注視著我，我把書交給了她們，並說明是大表哥叫我送來的。

「他呢?怎麼不來?」那位穿紅衣裙的說。

「不便來,怕他爸媽知道。」我說。

看樣子,她們比大表哥開朗大方。但她仍不知道大表哥已訂了婚。

「代我們謝謝大表哥。」

我看出來,這份禮物是她們所喜愛的。

此後,我成了大表哥與陳家姐妹的信差。一次我要去畫畫,大表哥要我送東西去,在相思林等候了許久,未見她倆芳影出現。我把畫架架起來,畫一幅水彩。不知不覺間她倆來到身邊。

「小表弟,蠻不錯嘛,水彩畫得不壞。」

實在是畫不好,自從有了水彩畫具之後,這是第一次外出寫生的。

「秀姑是學過畫畫的,小表弟,讓秀姑教教你好嗎?」陳秀儀把妹妹拉過來。

「當然好,願意教我嗎?」我正好抓住這個機會,也好撮合她與大表哥的婚事。「拜老師,請多多指教。」我向陳秀姑一鞠躬。

陳秀姑成了我的老師,她說我用色太膽小,許多顏色要比原來色誇張些才好,像那蔚藍天空之間，可以看出尚有許多紫藍色彩一樣。

我的水彩畫大有進步，暑假裡，陳秀姑常常陪我一起寫生，相思林一帶風景，足夠讓我畫一個暑假。

陳家姐妹有意到我家看看，我知道她們也想看看大表哥的家，因為姑媽家就在我家附近。我把這消息告訴大表哥，由他安排一下日期。

就在姑丈七十大壽的日子，大表哥家大請客，賀客盈門，陳家姐妹來到我家，由我與姐姐接待。十一時，大表哥來請我們一齊去給姑丈拜壽。由姐姐給姑丈姑媽介紹陳家姐妹，並強調是我的畫圖老師，但未提及她們與大表哥熟悉事。

姑丈為大表哥訂婚的謝阿嬌也來為姑丈拜壽，她也是首次來訪。看她那珠光寶氣，俗氣。胖胖地，一點也不美。

在宴席上，我與姐姐，陳家姐妹坐在同一桌，後來大表哥把謝阿嬌帶來我們同桌。謝阿嬌傲氣逼人，極少有人理她，她看大表哥熱心地招待陳家姐妹，心裡已經極不愉快。

大表哥靠我耳邊輕輕地說：

「多多地給謝阿嬌灌酒。」

謝阿嬌原先以為大表哥會在她旁座細心地招待她，可是大表哥說：

「謝小姐託小表弟招待。爸要我到前廳去招呼一些城裡來的客人。」大表哥說後就匆匆地離去。

我為謝小姐介紹姐姐及陳家姐妹。

「陳家姐妹是我的畫圖老師。」我說。

「老師。」謝阿嬌瞄了她們一眼，冷冷地說，非常瞧不起人。

上了菜，我為大家倒酒。

「謝小姐，你會喝酒嗎？」我說。

「當然會，倒滿。」我看出她滿腹不悅，想喝酒解愁。

謝阿嬌一口一杯喝完了，我再倒滿杯，她又喝掉了。

「兩杯就好，不會喝酒的人，不必乾杯。」用激將法，我故意不倒酒給她。

「再來。」她用命令式的口吻說。

「不行了。」

「誰說？」

「好吧！」我又倒滿杯。

「弟弟，不要倒酒給她，她快要醉了。」姐姐挾些菜放在她前面盤子，要她吃點菜，不要喝酒。

「是呀，我看她不會喝酒。」我說。

「笑話，再十杯也不會醉。」她連乾了幾杯，還要，我索性把酒瓶交給她，她骨碌碌地一杯杯地乾了，真痛快。她確是醉了，滿臉通紅，目光逼人，像一頭出籠的母老虎，又笑又哭，大罵大表哥冷落了她。

我跑去前廳，大聲地喊：

「大表哥，謝小姐醉酒了。」我故意地大聲喊叫，許多客人都停下筷子看我。大表哥前去姑丈那席上，告訴姑丈說：

「謝小姐喝得大醉，正在大吵大鬧地……」大表哥加點油再添點醋，說了一大套。

謝阿嬌的父母來把她扶到房間去。

「我不去，我要喝酒，我沒有醉，……誰說我醉了……我不必休息……。」謝阿嬌大笑大鬧地，被她父母拖走了。

這事情發生，姑丈認為是件恥辱的事，極不體面的。

「一個女孩子家，怎可在公開宴客場合中醉酒，真是丟人的事。」姑丈不悅地說。

在酒席之後，姑丈姑媽看到陳家姐妹，溫柔大方，而彬彬有禮，十分可愛，與那謝阿嬌比，他們選訂的準媳婦，未免太沒有教養了。

大表哥暗地裡高興，跑來輕輕地告訴我：

「明天進城去，我請你看電影。」

我微笑點頭。

年底姑丈終於設法退掉謝家這門親事，大表哥正式地與陳秀姑交往，我這位信差的職務也解除了。

大表哥考取大學那年，與陳秀姑訂婚。

那天，陳秀姑送我一件紅色的毛線衫、毛線帽。

「小畫家表弟，穿上它，可以外出寫生不會受凍。」陳秀姑說。

「謝謝準表嫂。」我高興地說。「大表哥，你拿什麼謝我？」

「一套巴金主編的《文學譯叢》。」

大表哥大方地開出支票，我想這不是空頭支票，一定會兌現的。

——七十年八月二十九日《自由日報》

永恆的安娜

久久以前讀左拉短篇小說《鬧鬼的房子》，對故事中那位純潔的女孩安娜印象極深。一次聖誕夜晚，在教堂中出現了穿著潔白衣裳的女孩，手執火燭，安詳地步入聖堂來。使我又想起了安娜。當我決定以安娜形象製作版畫的時候，依兩個原則著手，第一要使這女孩必是中國的，第二畫面要充滿和詳融洽的氣氛。

畫製作完成之後，我想，願這女孩活顯在人間，希望在人群中能找到她，幾年之後，我看到一位女孩，非常像我塑造出來的中國安娜，心中一陣喜悅，我送她一本印有這幅畫的畫冊，看她對這幅畫的反應如何？

她是一位國中女老師，中國的安娜。她得到我贈與的畫冊，十分高興。她喜愛藝術，曾經想要抽空去習畫，苦無機會，又不願向那些古怪脾氣的畫家去要求學畫。她仔細想過，整天在數學裡演算的生涯中，總得有些文學、藝術來調劑一下這刻板枯燥的生活，提昇氣質，是非常必要的。如今，她喜出望外，細察我之為人，試探教畫情形，為了進一步瞭解，邀我與她的學生們一起去郊遊。我答應了，難得這個週末沒有事，與孩子們一起去坪林看梅花，也是極愉快的。

安娜開車來接，開她先生的那部藍色旅行車，同車另有兩位老師。到了坪林，車停下來，在公車站去等候那二十六位小孩。

這時候，我端詳她的臉形，愈看愈像那執燭光的安娜。她發覺我在端詳著她而感到不安。

「同事們說，我很像您畫冊上那位《執燭光的女孩》。」她說，很快回復了自在。

「是呀，我畫的就是你。」我故意開玩笑。

「胡說，那時候你還未認識我。」

「你不覺得那幅女孩更像你十五六歲時的樣子嗎？」

「奇怪，可能是巧合。」

「那幅是我在一九七二年作的，那時候，你就是那樣子。」我很肯定地說，「所以今天與你走在這裡，也是一份緣份。」我笑起來。

她的性情開朗，沒有心機，與大伙兒有說有笑，人緣極佳，是孩子們最喜歡的老師。

「陳老師，我要學畫，您肯收個學生嗎？」她乘這個機會向我提出習畫的事情。

「你呀，那會有時間學習畫畫，排得出時間嗎？」我說。

「寒假，去看看您作畫就好。」她只能利用這一點點時間。

「當然歡迎你。」

「那太好了，先謝謝您。」她高興地說。

孩子們前前後後地向山路出發，我與二三老師一塊兒走。山坡上一片梅林，在黛綠山色之間，綴著點點白，那是梅花，是我們賞梅目的地，因為大部梅花已凋落，結為梅子了。

梅花稀疏點點，沒能使孩子們滿足。他們從這座山走到那座山，離開長期在課堂內的生活而奔向大自然，山岳的一份靈性，使他們忘卻了腳的辛苦，步步地邁向前去。

我一向善於健行，步伐相當快捷，兩位女老師跟著走，至感吃力。好在一路上談些鬼故事，說說笑笑，也就不會感到勞累了。

這麼美麗的景色，蔚藍的天空，很清楚地看到遠山近山重重疊疊，山岳之中一泓溪流，溪道間的無數石頭，清潔乾淨。我們在這裡停下來，已經快到頭汴坑了，但這裡景色不比頭汴坑差。大家歇下來，用午餐。安娜打開孩子們為我們準備的便當，那麼豐富的便當，豬排、蛋、青菜、鹹魚等，再加飲料與水果。我們三位賓客誇讚孩子班長，當然也是誇讚孩子們的導師教導有方，所以安娜特別開心。

孩子們玩石頭，玩水，有的撈了些小魚蝦，有的撿些奇石，有的寫生，畫幅水彩。而我們當老師的，譚老師是健談者，她有說不完的故事。而我最愛說笑話的，說說笑笑，使大家都很開心。

我的《執燭光的女孩》之創作，原是依據左拉小說人物安娜而畫，安娜死去而活現了。在我畫中的安娜永久存在。而今，這位女老師的純真個性與那可愛的外貌，符合了我畫中之安娜，活現在我跟前，我不得不說一聲：

「永恆的安娜。」

——七十一年三月《自由日報》

獵虎記

兩隻老虎，兩隻老虎，

跑得快，跑得快。

一隻沒有耳朵，

一隻沒有尾巴；

真奇怪，真奇怪。

由這一首兒時唱的歌謠，使我作這幅《雙虎圖》的動機，兩隻老虎在黑夜裡奔馳，但是老虎是完整的，並無缺耳朵與尾巴。

說起老虎，想起了故鄉的一樁悲喜劇，福建之山林間多有老虎的，在我故鄉雖沒有大森林，夜晚山區小道，當有人遇見老虎，極少聽說老虎傷人之事，只聞有些牛羊被老虎噬掉而已。

我的一位堂姐，幼年患過病，致於左小腳短了些，走起路來有些拐，不能像常人那樣自由自在的行動，只能一拐一拐地慢慢行走，走得很吃力，一段路就氣喘如牛。堂姐除了腳有些毛病外，人長得清秀，腦筋聰敏，求學或做女紅都有極好的成績，性情溫和善良，樂意幫忙人家，這一份美德，彌補了她腳部的缺憾，得到同村一位張姓的青年的鍾愛而結合。雖然張家家境窮了些，堂姐能策勸丈夫，善理家務，生活得幸福。

有一天晚上，一位服務在區公所的鄉長回來，堂姐為了姐夫兵役問題，前去請教些問題。晚上九時去鄉長家一直沒有回來，第二天在道路發現堂姐鞋子及染血而撕爛的衣服，鄉人判斷被老虎咬去，大家尋覓老虎足跡與滴血，一路追尋，發現頭髮及骨骼，找不到全整的屍體，堂姐一生在惡劣命運中苦鬥，仍然在惡運中下場，慘兮兮地。

鄉人為了虎患災害，曾集合商議，結論是決定組一捕虎隊伍，邀請從軍旅退役歸鄉的張正己老師負責，張正己是我小學老師，中央軍官學校畢業，當過排長、連長，退役之後，在鄉村小學任教。捕虎隊由他組隊、訓練。那時我上初中二年級，與堂兄弟巴東、乃德三人報名參加，共有四十七人組成。

三個月前，縣府就貼出告示，獎勵民間組團捕殺老虎，殺一隻賞白銀三百元。我們村里是因堂姐被害，才發起組隊圍捕，捕殺老虎隊員，僅有一日受訓，四十餘人只有五把鎗，其他的鐵刀木棍，沒有多大用處，我堂兄弟最年輕，分配任務是打鑼吶喊。母親反對我參加捕虎工作，我意志堅決，臨出發之前，母親在我上衣口袋放上一張符，匆匆地跟著隊伍上山，大表哥從城裡趕回參加的，有他來，我卻壯膽了，從未考慮會危險的，高高興興地上山去。在山麓，忽然聽到遠處一陣呼喊與銅鑼聲響，接著一陣鎗聲，我們迅速地趕上山，帶來的三隻獵犬已進入山林，我們小心地搜索著，兩小時之後，走出山林，一無所獲，經過山區的石頭洞，獵犬叫吠不停，大家一時緊張起來，張老師趕上前去，對準石洞發一鎗，老虎斃命。

剛才鄰村那一鎗，擊中老虎的腹部，使牠逃進石洞內，張老師擊中了牠的頭部，大家一陣歡呼聲，把老虎綁在一大木棍上，四人抬下山，我們即成了打虎英雄了。

死老虎放在小學校操場，燃點五盞煤氣燈，供村民前來觀看。一夜到天亮，人都沒有散開過。第二天，抬到城裡遊街，並到縣衙去領取獎金。

遊行事情由大表哥策劃，前面導行的小學樂隊，吹吹打打，然後是打虎英雄行列，最後是抬著死老虎，沿途的鞭炮，使我的耳朵整天不舒服。

獎領回來接著是慶功宴，村長主持，把獎金白銀百元慰問堂姐夫張先生，另兩百元捐給小學校。

把老虎殺了，虎皮獻給玄天上帝菩薩。虎肉賣，此骨煉膠，村民可以訂購。堂姐的衣物也在同一天下葬。

這一段悲慘總是牢牢地記在心裡，其實我蠻喜歡老虎的。

——七十年十一月《自由日報》

橋的懷念

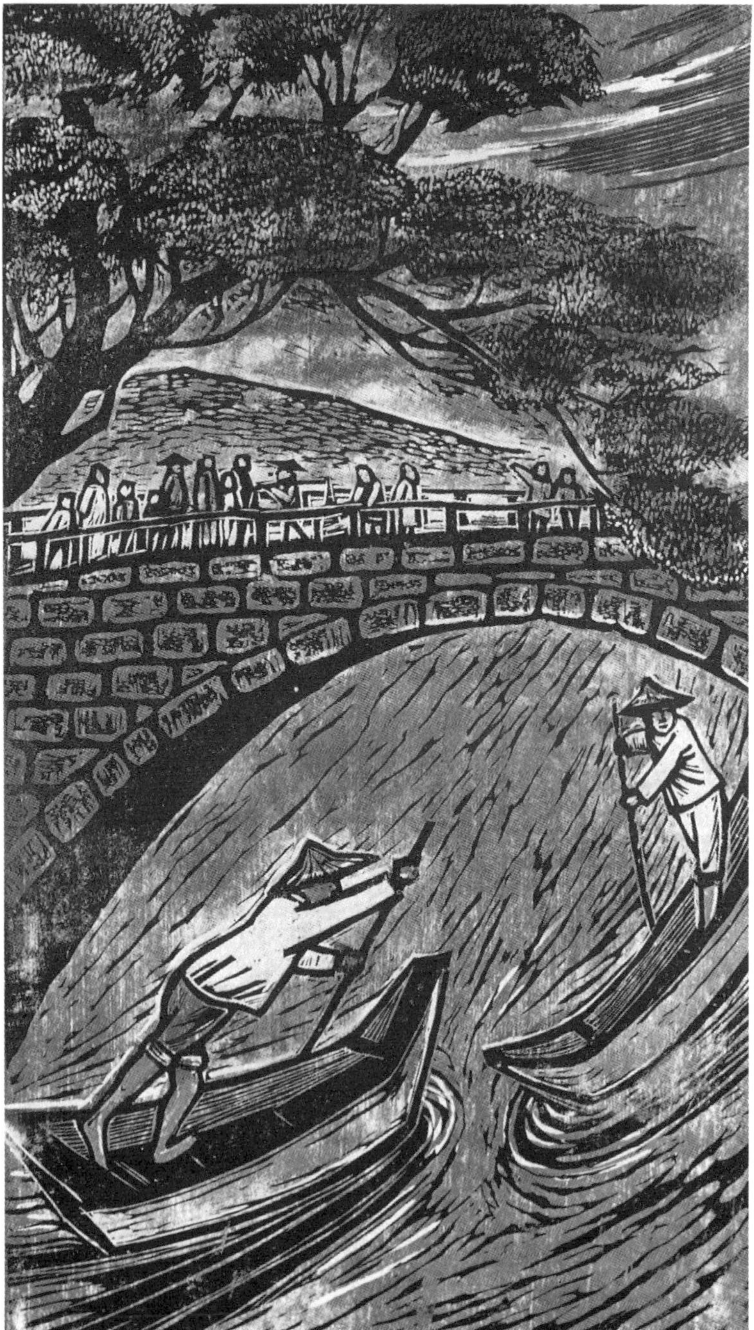

一看到大拱橋，我就會想念起我的故鄉來。

我的故鄉在福建永春，永春縣的橋頭舖，顧名思義，橋頭舖自然是以這座石拱橋為名。這座橋的歷史多久，我沒有作過考證，也從來就沒有問過。從永春通往德化必經要道，在這靜謐的村落，唯一在這座橋上是熱鬧的地方。在對日抗戰期間，馬路挖掘破壞了，汽車停駛，一切搬運工作全靠人力，每天清晨開始，就是一批批挑運貨物的役夫通過這座橋。他們健壯肌肉，古銅色的皮膚，肩挑重擔，口哼山歌，像是在辛苦工作中尋找一些樂趣。來到這橋上，橋頭有幾棵榕樹及烏梨樹，一片陰涼。這裡有幾家飲食店，賣些麵點，也有幾家露天冷飲攤子，運貨役夫及往來客人，可在此歇腳，有的打開便當（他們是把飯菜裝進一草編製的袋子裡），叫一碗紅薯粥或是肉羹湯，就可吃頓飯。

小時候，我經常跑到這兒來，我家距離這座橋有一公里左右，每每因替媽媽買些什麼日用品之類的東西，在橋尾的幾個小店舖可以買到。我喜愛這座橋，說不出理由來，大概是在橋這帶，景色美好吧。每次來到橋上，總是坐在石欄上，看那流水，有時下過雨，水位漲高了，會有人在這兒划船。

看這些划船的，並不為了搬運東西，而純是一種遊樂，一種運動。不像碧潭遊艇，用槳來划，而他們是用竹竿來撐，像擺渡船那樣子。

有一次，我走到橋下，涉過了一道溪水，在一巨大石塊上坐著，瞻望這座古老的拱橋，才看出它的宏偉及美麗，那一塊塊石塊砌起來的，構成了這座橋。如果不下雨，溪流水位降低，水流平緩，橋的倒影映在水面，真美。在溪流旁邊，三五垂釣的人，一竿在手，耐心地等待魚兒上鈎。偶而，一陣鴨子游過，寂靜的水面上，起了騷擾。

我帶了水彩畫具去，涉水到溪中那巨石上，開始描繪這座拱橋，圖尚未畫完成，巨石上已擠滿了小孩們。

在橋上有人大聲地呼喊：

「你們在搞什麼？石頭上擠太多人，會滾到溪底去。」

「快點下來，危險。」

真的會危險，勸大家快些上岸去。我不畫了，改天向大表哥借照相機來照相。

回家之後，去找大表哥商借照相機。

「小孩子，你懂得拍照嗎？萬一弄壞了，要到城裡才能修理。不借。」大表哥不借給我，很堅決地說。

我很失望，再三的央求他，他才勉強地說：

「這樣吧，以後我裝上底片，幫你拍一張就是。」

許久，大表哥都不買底片，為橋頭拍照事耽擱了一些時間。

一天，大表哥跑來找我，說城裡同學到鄉下來玩，他們要去松林拍照。

「松林有什麼好玩，不如到大橋下去釣魚。」我建議。

「好吧，去橋下釣魚，也可為你拍照。」

大表哥在城裡唸高中，常常會有同學來。這次來了五個人，三男兩女。姑媽家在我們附近。姑媽送這些客人過來，大表哥拿了好幾枝釣竿，大家要去橋下釣魚。

「姑媽，大表哥要去釣魚回來請客。」我說。

「太難了，靠他釣到的魚，餵貓都會餓死。」姑媽不相信會釣到魚。

大家嘻嘻哈哈地到了橋頭。大表哥不見了，他上那兒去呢？不管他，反正他知道到橋下來的。

對這座古老石拱橋，他們有好感，說是可代表這一村落人的性格，莊重而純樸。「你們看，這兩條大魚是我釣到的。」原來大表哥是去買了魚來。他很得意地說：「晚上有魚吃了。」

大家把釣竿丟在岸上，找不到蚯蚓，不釣了。我要大表哥為橋拍照，這樣的，那樣的，幾個不同的角度，照了幾張。

如今，三四十年了，照片發黃褪色，影像也看不清了。但是橋的一切，依然記得很清楚。

——七十年七月《自由日報》

母與子

小時候，祖母教我們要孝順父母，常常拿羊跪奶的例子來教我們，留給我極深刻的印象。

近一二年來，我畫了不少威爾斯綿羊，那羊毛長得使整個身子圓圓地、白白地，加上了一個烏黑的小頭顱，四肢小黑腳，蠻可愛的，還有白頭顱的，牠們一群群地，生活在威爾斯草原，非常洽和地、安詳地，沒有爭執與毆鬥，埋頭地吃著草。讓我想起了故鄉的羊，那山羊式的羊，黑的、白的都有，羊與羊之間，常常鬥起來，所以頭上的角，長得特別好，生來就有戰爭的武器，兩羊爭鬥時，都是打得皮破血流，互不相讓。有一次，我看到兩隻羊鬥爭，那牧羊的小孩，用竹桿子趕，趕不走，用竹桿子打，還是分不開牠們的鬥局。最後那小孩用雙手緊握住一隻羊的雙角，硬把牠拖到遠處，撫摸牠的背，把牠的憤氣消掉，才算結束了這一場爭鬥。

這裡的母與子兩隻羊，是我在本省村間看到的，就像祖母說的「跪奶」的羊。我站在牠們旁邊觀察了許久，這隻慈祥的母羊，瞧著牠的小羊，跪著吸牠的奶，小羊表現得很幸福與喜悅，時常搖擺著尾巴，非常得意。

三年前，我的鄰居，搬來一家人，人口簡單，兩位年老夫婦及一位在大學就讀的女孩，因為父母過於溺愛女孩，使她變為不孝，回到家裡，什麼都看不順眼，大聲吼喊，吵擾得使鄰居厭煩。

鄰居的一位太太說：「可惜這女孩不常在家，不然，建議兩位老人養兩三隻羊，有機會讓女孩看看羊兒跪奶，而感動她盡孝道。」

「有用嗎？不見得。」有人懷疑。

「哎！人不如畜牲。」我想起了祖母的話。

我國傳統善良的孝道必須提倡，我的《母與子》之創作，仍然有教育意義之存在。

——七十年三月二十六日《中央日報》

玫瑰三願

想起了這幢書房地，原先是我留著作小花園的。那時，我與貞婉再三考慮，怎樣善用這一塊十來坪土地整理為美麗的花園，結果決定靠房子的一邊架起一葡萄架，架子地上種植朝鮮草，其他的除了磚頭鋪好的小道路之外，一律種玫瑰花。特地去了一趟員林玫瑰中心，選購了許多好品種的玫瑰，玫瑰園主人，派了一位技工來種植。以後，我們就沒有閒空的時候了，每天早晨或黃昏，都在這小園圃澆水、拔草等工作，幾星期之後，玫瑰花開了，葡萄枝藤也爬上了架。

當葡萄果實纍纍，玫瑰花開滿枝頭的時候，我們把椅子茶几搬到草坪上，泡一壺茶或煮一杯咖啡，坐下來看書或閒聊，蠻有情調的。

我愛好陶瓷，每當我看到造型特出的瓶，都會買。家中有二十來隻不同形式的瓶。貞婉喜歡在客廳、書房、餐室內擺上瓶花。經常買菜回來，總會帶回一大把玫瑰花。

「玫瑰花，園子裡不是開了許多，幹麼還買花呢?」我說。

「我捨不得剪自己種的花來用。」貞婉手植的花，讓它怒放在園子裡，寧願花錢去買花。有她的道理。

「其實，我也喜歡自己園子裡，每天都是花開滿園。」我同意不剪折園子裡的玫瑰。滿園花開，清香可聞，看那蝴蝶飛舞在花叢之間，這才是玫瑰的願望。

貞婉說，隨便取一隻瓷瓶來，插上這美麗的玫瑰，安置在任何的桌上，都會使這地方生色，看她從來不曾學過插花，可是對插花極有興致的，也有研究，怎樣插是什麼流，知道得不少。

我們家有一芳鄰，這位女孩名字叫秋月，說是中秋夜出生的，長得美麗可愛，她在工作之餘去學插花。那位教插花的老師，家有花園，並向學生推銷花，作為材料。每週末，秋月學插花回來，抱了一大把玫瑰，帶了剪子、瓷盤、瓶來我家，為我們家獻上她的新作，使這屋子內每一間增添了生動與美麗。

我想，由玫瑰插成美麗的盆花，這也是玫瑰的願望。

因為芳鄰帶進了插花風氣，貞婉插花興趣更濃，因之，我在欣賞之餘，有時也把它當作畫題材，玫瑰誘我畫靜物的興趣。

在畫布上，我畫上紅玫瑰、黃玫瑰。

在木板上，我刻了紅玫瑰、黃玫瑰。在壓印機下印出的玫瑰，幾十幅，幾百幅。

我高興的歡唱：「玫瑰，玫瑰，我愛你。」

山居一日

車子到霧社之後轉入萬大途上，我的心情顯得不同，格外地清靜，格外地新鮮感。每次，我到埔里，唯一的享受是欣賞途中景色，投入了大自然，享受優美的境界。霧社至萬大途上，車子在彎彎曲曲的山道上行駛，一片翠綠的世界，從視覺可能聯想到那綠野仙蹤的童話故事。車子爬上山而又下了坡，轉個彎又轉個彎，仍然是在山野中。一陣霧，把蒼綠的山谷染為模糊，車子穿過了霧層，視線逐漸明朗，可望到那邊山間的一小村落，美麗的小村落，我想起了「山窮水盡疑無路，柳暗花明又一村」的詩句。

這一週來，為了一些設計工作趕工，弄得心煩。謝棟樑邀我與貞婉到萬大水庫渡假，同往的有友人陳一清夫婦及手工藝中心七八人。貞婉欣然地答應下來，實在難得有這麼好的一個機會。

謝棟樑，青年雕塑家，他父親是萬大發電廠廠長，一切都比較方便。謝棟樑開一部車子，我與貞婉乘他的車，同車有謝太太與他的女孩玫晃。另一部小型客車有陳一清夫婦及陳組長夫婦等九人。由謝棟樑帶路直駛萬大。

「不必帶路，從霧社到萬大，只有一條道路。」謝棟樑說。

去萬大，我是初次，前半年，藝術家俱樂部曾到這裡作一日遊。那時，我有事，放棄了。聽謝棟樑說，上月份他曾帶畫家陳庭詩、李轂摩、柯耀東及陶藝家蔡榮祐等人來過，大家對這裡景色曾經有一番讚美。所以這次他特邀我與貞婉一起來，希望我們會喜歡這個地方。

從這座山轉個彎，車子下坡即可抵達小村落。村落中一間國民小學，是仁愛國小分校，校舍、校園都不大，萬大發電廠的三幢招待所及新建的員工宿舍，其他幾戶人家，一雜貨店。車子在招待所前廣場停下來。這三幢木造的房舍，是二十幾年前建造的，分別在山腰到山頂三個階段，第一幢木屋漆上朱紅色的，第二幢木屋漆上翠綠色的，第三幢木屋漆上金黃色的。用這種顏色油漆房屋外層，在臺灣卻是少見，但是在這一片梅園中，黛綠的山谷裡，這些顏色顯得突出、顯得可愛，不會感到庸俗。迷你國小，全校學生不到百人，校舍卻很完整，教室、辦公室、器材室、運動場、升旗臺、兒童遊樂場地、小花圃等都整理得乾淨，也是用極明顯色調油漆過，它們在深山谷中，一切顯示活力，一切代表希望，一切與山谷中之草木欣欣向榮。

進入第一幢木屋，拜見謝廠長及夫人，廠長是一位慈祥的長者，風趣健談。他是「知足常樂」的人，眼看一群孩子，每人都成家立業，自己又獨得這份山野美景中的工作，培養出健壯體質，人生還能有什麼比此更可追求的呢！謝太太陪著婆婆，忙碌著做晚餐，小玫晃對此地並不陌生，她知道去那兒玩，或是在那兒取什麼東西吃。謝廠長父子先安頓我們的住宿，他們家人住第一幢木屋，手工藝中心的朋友住進第二幢木屋，謝廠長卻要我與貞婉住上第三幢木屋，那幢黃色油漆的房子、先總統蔣公住過的木屋。我非常高興，邀陳一清夫婦及陳組長夫婦一起，也好熱鬧些。

由謝棟樑帶我們住進房裡，這房子平常極少供來賓住的。房間還是整理得一塵不染。客廳中的大型沙發之外，特別為　蔣公及夫人準備的座椅，十分舒適，現在都加上了土黃色的套子，客廳的玻璃落地窗，可以看到庭園內的花卉及木柵欄外的梅樹。

謝廠長帶他們上來，我們住的木屋位置較高，站在這裡可以下望這小村落。他領著大家，在村落走一圈，途間遇些山地小學生，她們都很禮貌地站住鞠躬行禮。

「廠長好。」小學生行禮說。

「這些學生，因經常見面，像是一家人。」謝廠長告訴我們說。

我們走到小學校，升旗臺前一水泥地，老師們在打網球，謝廠長也經常在此打網球，場地不錯，並有照明設備。每間教室前都有一花圃，種植不同的花，有玫瑰花圃、波斯菊花圃，總有六七種之多，都整理得極好。這是學校師生努力的成果，在兒童遊樂場內，有一棵榕樹，被雕成一朵香菇。

有一位同伴，買了一袋香菇，一隻山地背籃，非常高興地說：

「猜吧，你也猜不著。這一大袋香菇才一千元，一公斤四百元，這背籃也是四百元。」

原來這地方山胞大部分種植香菇，香菇是此地的特產品。

「好，大家買香菇去。」許多人擁進了那間小雜貨店。

六時，大家在第一幢木屋晚餐，分兩席就座。廠長夫人的拿手菜，果然不錯，十餘道菜上桌，這一餐，每人都吃得過量。接著，手工藝中心的朋友要為陳一清夫婦結婚六週年紀念慶祝，由臺中帶來的大蛋糕及糖果；今晚尚有餘興節目。

我與貞婉被邀去參加他們的活動。

「我們去看看。」貞婉說。

「坐一會兒就走。」我同意去看看。

我們來第二幢木屋，在他們慶祝活動中進入，吃了一小塊蛋糕，看了三兩個節目。節目沒有事先安排，當場拉人唱啊、跳啊，沒有水準的鬧著玩。貞婉與我溜到木屋外，散散步，欣賞山野之夜晚，比在屋裡的活動要好得太多了。

或許，這小村落是屬於電力公司的。因此，這阡陌小路之間裝置了許多路燈，深山中的小村落竟燈火光輝。而我卻喜愛山野的暗淡之中，閃爍著螢火蟲。我們在梅園臺階上坐著，盼望了許久，沒有螢火蟲出現。

「該會有流螢閃閃吧。」我說。

「那要再過兩個月，夏天來到，在山林郊野過夜，看螢光閃爍，聽咯咯蛙叫，都是極美的享受。」貞婉說得對，這時候不是季節，她還披著大衣呢。

我與貞婉到山林來，主要目的是享受寧靜。寂寂地，沒有歌唱，沒有車響，也沒有噪音來吵擾，一切大自然的靜寂，心靈上的平靜。讓我們在靜寂中遐想，讓思想奔放在寧靜的心靈上。

進入第三幢木屋，捻亮了客廳的電燈，洗澡之後，一杯熱茶，我在蔣公坐過的座椅上，安適地坐下來。貞婉也端來一杯茶，坐在夫人座位上。把電視機關掉，我們享受著寧靜的樂趣，久久沒談話。靜，靜得連呼吸都能聞到。辛棄疾的〈南歌子〉詩句：世事從頭減，秋懷澈底清。此時，我的心境是這麼靜與清，難得這舒適的一小時。陳一清夫婦及陳組長夫婦進來，知道在第二幢木屋的活動已經結束。

陳一清善於談吐，他們稱他為「蓋仙」。他進來，木屋內的沈寂就消失了。接著是一片歡笑聲。

「聽說上次謝棟樑邀來四五位畫家，這消息讓國小老師們知道了，大家拿筆墨紙來求畫，結果他們揮毫到半夜，每位老師有三四幅畫的收穫。」陳一清說著，他看我這個畫家來此卻安逸地閒著。

「希望我能有幾日空，邀三四朋友，自備糧食，商借這木屋來住幾天，畫畫或寫作，這環境極好。」我的心願如此，我說。

「這裡寫文章的環境比畫畫好，腦筋清靜，沒有其他吵擾，累了，在梅林小道散散步，或是去山溪中撿奇石。」貞婉說。

「無需計劃將來，明天如何玩？」陳太太林小姐插了一句。

「明天謝廠長要我們去奧萬大，走去要花三小時，回程三小時，時間上不行。」陳組長說。

「謝廠長說，那裡景色美麗，都是天然的，有溫泉，還有一處楓林。」陳一清說。

「又不是時候；秋天才去看紅葉。」貞婉說。

「如不去奧萬大，就得去看山地村，走去四十分鐘就到。」陳組長說：「大家都贊成去山地村。」

「去山地村也好，奧萬大留著下次去，一下子走遍了，下次就不來了。」我贊成不去奧萬大。站起來，在客廳迴廊走動走動，我蠻喜歡這木屋的。

陳組長夫婦先告退，去睡了。陳一清仍然談興正濃，自歐洲說到攝影技巧，貞婉聽得津津有味，我卻缺乏耐心。

照樣，我有早起的習慣，五時，開門出去，山谷中還能看到月影，一片朦朦朧朧地。很快月落了，山谷變為渾暗。我獨自徘徊在梅園小道上，由於三兩聲鳥叫，慢慢地吱吱喳喳地共鳴，我知道那是白頭翁的叫唱。這時，天色發白，那是霧，一片晨霧，除了跟前那棵棵梅樹的迷糊影子之外，再看不出什麼了。

霧社一帶山谷，以霧出名。我注視這晨霧的變幻，鳥鳴聲中，霧逐漸上昇，對面的山谷顯現出來，一幅水墨畫面，多麼地美。剎那間，又可看到第二層的山谷。

貞婉出來時，天色已明朗了，知道又是一日好天氣。我帶貞婉在梅園小路旁尋找小野花，除了蒲公英之外，許多不知名的，貞婉對植物學頗有心得，平常遇見的樹木，她比我認得多些，也會記得它們的學名，對花卉也如此，她研究小野花的形態，猜想屬於那一科的。陳一清夫婦是謝楝樑叫他們起床的。七時半早餐快到了，怕他們趕不及時間。陳太太林小姐還擦著惺忪眼。我告訴她，早晨山谷的景色最美。

「早起的鳥兒有蟲吃。」她引用一句西洋諺言。

是的，早起，我看到山谷的霧間日出。

「來萬大最好的時間是新曆元旦，那時此地梅園梅花盛開，一片雪白色，芬芳撲鼻。不然在春節期間來，櫻花怒放，整個山谷粉紅色，彩蝶飛舞，也是來訪萬大的遊客最多的時候。」

謝棟樑得意地說。

現在梅園梅樹已結滿了梅子，枝頭新葉，染綠了大地。在梅樹上，我發現到許多白頭翁，像麻雀大小的白頭鳥，飛躍在梅叢中。

早餐後，大伙兒向山地村出發。小玫晃及三位山地女孩帶路，這三位女孩是國小三四年級學生，她們是昨晚被邀參加晚會的小客人，能唱也能舞。今天她們各找個大朋友，這些大哥哥、姐姐給她們一些東西吃，看她們不斷地吃冰棒、口香糖。這條四公尺寬的道路，兩旁青山翠谷，有一段極美景色，路上峭壁盡是片麻岩、葉岩。我們往下方看那一泓流水的小溪，可以聽到潺潺的水聲。

行走在山谷中，我喜歡尋覓路旁的小花；行走在溪流邊，我會撿找些奇石。陳一清老是把攝影機向著峭壁及那小溪流拍照，他落後我們好遠了，大概是那沈重的攝影器材箱，使他無法走快。必須經過一道好長的吊橋，大家在橋頭等候陳一清來拍照留念，藉此略作休息。

貞婉等人看那山地人採梅子，在梅樹下安置一張帆布，然後把樹枝搖動，讓成熟的梅子掉在帆布上。我站在一塊石頭上，展望那層層的山色，突然想起了李白詩：

問余何事棲碧山，笑而不答心自閑；
桃花流水窅然去，別有天地非人間。

生活在現實社會中，為了追求精神上的超越，此時，山谷中的我，盡情地享受吧。對這天然與純樸的美，對於生、死、名、利更深的體認，萬大之行，給我極深之印象。

走到了山地村，小學校前一排高大的櫸樹。走入山地村落，房舍建築已看不到山地村原有面貌，一座天主教堂，我們爬上數百石階方到教堂。一位美籍神父，是霧社天主堂來兼的，每週六、星期天來一趟。教友不多，神父說，這時候，他們都到深山區去種植香菇而忙碌，也就沒有星期天了。

手工藝中心的朋友想尋找些屬於山地的手工藝雕刻品，除了竹的背籃之外，什麼也找不到。

在回程途中，大家的目標是下去小溪玩水，覓找奇石。仍然是三位山地女孩帶路，因為很少有人下去，小路長滿了草，走下坡極困難。近乎中午，這趟路，多報銷了主人不少飯。

下午，謝廠長帶我們去他辦公地方，車子轉了一道山停下來，要先上山岡，訪古松林下的土地公廟。我們拾級而上，此地景色美，有一道吊橋通過另一座山，這吊橋名為「鴻章橋」，歷史久了，現在橋間很多枕木塊已脫落，不能使用，已經封閉。

到了辦公室，謝廠長為大家作簡報，讓大家對萬大水庫、發電情形更進一步瞭解。辦公室四周的花圃，有數株櫻桃樹，紫紅的果子掉滿了地，貞婉撿了許多，握在手中。

「怎麼不像普通的櫻桃呢！」貞婉說，把櫻桃裝入塑膠袋。

「可能不同品種吧。」我說。

時光來去匆匆，下午三時，我們臨別依依。

「謝謝主人，我們可以再來嗎？」我說。

「歡迎你們再來。」謝廠長與我們握別。

——七十一年五月三十日《聯合報》

千千畫貓

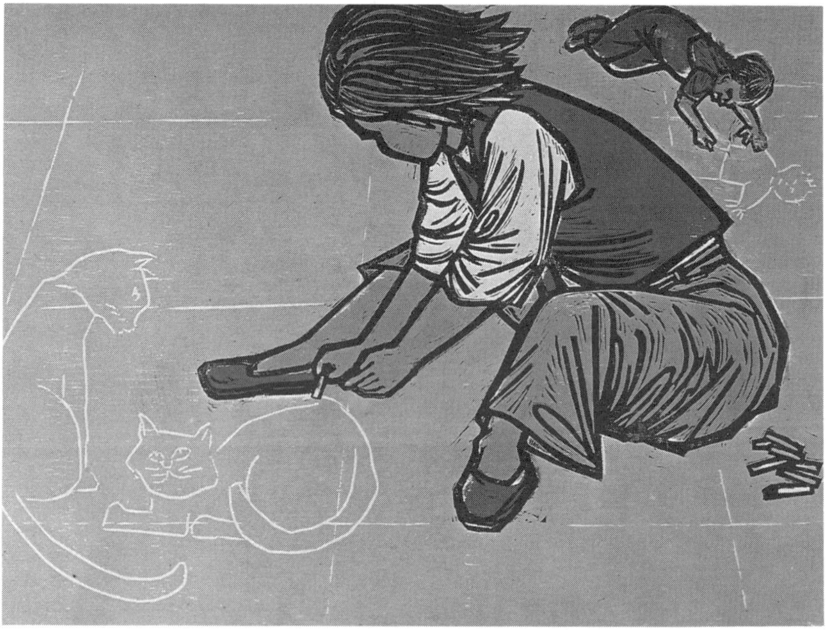

張家大媽，今天為她的寶貝女孩買回來一批兒童畫用具，單是印好的圖樣，讓學畫的小孩填上彩色的畫本子，就十幾本，還有粉臘筆、水彩顏料、水彩畫筆、調色匣、洗筆用的水壺等，及一套二十四色筆。好像要把五歲大的小甜甜，一下子就變成畫家似的。

「陳老師，你看小甜甜學畫還缺些什麼？」張大媽問我。

「不缺。這些足夠小甜甜用一年之久了。」我說。

鄰居張家，把小甜甜送進幼稚園之後，聽甜甜的老師說，甜甜興趣塗鴉，可以培養她畫畫，張大媽聽了這句話，立刻要把甜甜塑造成小畫家。每每我碰上她，總是提起甜甜與我習畫的事。可是我一向不收學生教畫，對教兒童畫，更沒有興趣。後來，張大媽找到一位小學老師教甜甜，每週六下午來張家教畫兩小時。

由於臺灣安定進步，國民所得增多，生活品質提高，小孩們像生活在天堂中。回憶四十年前，在故鄉家園的一塊水泥地，是供給聚會，演野臺戲，秋收時曬穀子之用的公共地方。平常有許多愛好畫畫的小孩，在此水泥地上作畫，他們撿了一塊炭，或一塊朱紅石子，就地作畫，把小心靈上所欲表達的，都表達在這一片水泥地上。

有時，遇上鄉村中的長老們，走這裡過，總是不贊成地搖著頭，或是大聲吆喊：「沒有教養的小孩，把這水泥庭院弄成這個樣子。」

媽看我閒著，叫我提桶水，拿掃把去洗刷掉。以往我也是常在地上作畫的小孩。所以我樂意把雜亂的洗刷掉，讓明天，他們再來畫。我印象最深的是千千與文文，那小姐弟帶頭，她倆迷上畫畫，沒有老師指導，憑著興趣，一畫下來，往往忘了回去吃飯。

「千千，文文吃飯了。」千千的媽在喊。

「快畫好了，就要回去。」千千仍然作未完成的畫。

「看你們，弄得一身髒，快去洗手。飯菜都要涼了。」千千的媽把兩個小孩拉回家去。

我走從這裡過，總會看到千千與文文，俯在地上作畫，文文畫的是「人」，形體大都一樣。他才四歲多，能畫已經很不錯了。千千比文文大三、四歲，她的畫就成熟了些，作畫題材也廣，從山上日出，農夫耕作，到夜晚燈下苦讀都能畫。畫得最好的是一些小雞、鴨子、貓狗等。

「千千，你最喜歡畫那些?」我問。

「貓咪。」千千說。

「為什麼喜歡畫貓呢?昨天你畫的狗也不錯。」我說。

「昨夜做惡夢，夢見狗咬我。」千千神采緊張起來，好像十分懼怕：「媽說，以後不要畫狗，就不會做惡夢的。」

「那麼，不怕今夜會夢到貓，貓不咬你嗎？」我說。
「我不怕，我家貓咪很乖。」
「千千，你忘了你家的小雞常被貓吃掉？」
「那是野貓呀，貓咪不會咬小雞的。」千千為她家貓咪辯護。
「看來，你畫的，正像那會咬小雞的野貓呢？」我故意氣她。
「不是。」千千站起來，端詳了一會。「也不像野貓。」畫完之後，在畫的旁邊寫著：
「千千家的貓咪。」

第二天，千千說，沒有做惡夢。

據千千的媽說，千千是個多幻想的孩子，常常做惡夢，有時從惡夢驚醒，難過地痛哭。一切動物在千千的小心靈中都是善良的，均能和平相處。偶爾，看到雞鴨被殺了吃，她會難過好幾天的，並會常常做惡夢。

此後，在大庭水泥地上，看到千千畫的動物，都可看見畫的旁邊寫著：「千千家的××。」可以避免做惡夢的困擾。

——七十一年三月一日《自由日報》

三人行

——三人行必有吾師焉。

——三個臭皮匠湊成一個諸葛亮。

集中多數人的智慧，來研究討論一件事，問題是可解決的。古人認為有三數人商討出來的策略，比較穩重可靠。

記得我小時候，常去城裡一家三友書店買書。每次進城，總喜歡去三友書店逛逛，已成為習慣。

據大表哥告訴我，三友書店是三位友好合夥開的，老顏老張出錢，小朱的店舖。因為三人合作很融洽，所以生意日漸興隆。從一家小文具店，三四年後成了一家大書店。

老顏年齡大些，被推舉為經理，老張為副理，小朱年輕，為業務員。

「三個臭皮匠湊成一個諸葛亮。他們三個人，每天在打烊之後，必作番業務上的檢討。這樣，日子久了，已成一種習慣。」大表哥說，「許多人譏笑他們是開會專家。」

「開會？每天都得開會？」我問。

「是研討問題，與開會完全不同。」

有一天，我與大表哥進城，我們一道去三友書店，大表哥好像對這家書店很熟，老顏經理怎麼樣，老張小朱又是如何，講個不停。

「這是我的小表弟，書呆子，買書算他便宜些。」大表哥介紹我認識小朱，「這是小朱，以後來買書，找他。他會打個折扣。」

「沒有問題，歡迎光顧。」小朱說。

大表哥很大方，送我一套《兒童文庫》，我好樂。回程途中，大表哥又告訴我，說三友書店將要倒楣了，一位顏姓的富翁，也要在街上開書店。

「這小城街，不必有兩家書店。」我說。

「一家能站得住，兩家就要倒。小城有一家書店足夠了。」大表哥的看法與我一樣。

一個月之後，我進城，看到街上那家將要開張的書店，門面、招牌都弄得好氣派。看樣子三友書店將要被這家吃掉。

我到三友書店去找小朱，要買一套水彩畫具。進了店直走後室，看到他們三人坐成一排，在研究些什麼似的，每人臉上沒有笑容，心情沈重。我馬上退出來，不敢驚動他們。

小朱看到我，跟著到前面來。

「正在研討一件重要的事情，你在午餐以後來找我比較適宜。」小朱說。

下午一時，我再去三友書店找小朱，說明我擬購全套水彩畫具，包括寫生袋、寫生架等等。

「你可以等下週再買，那家新開書店，牌子掛出來，開張大減價，可以省些錢。」小朱建議說，「假如你不急用的話，下週到那家新店買，比我賣你打折扣，還要便宜呢。」

聽了小朱的話，我把要買水彩畫具的錢帶回家，下星期天再來。

好不容易等到了星期天，一大早，我進城來。商店還未開門，我只好到學校去找大表哥。

大表哥尚未起床，我把他叫醒了。

「等等，我洗把臉，陪你去買水彩畫具，小朱為你留了一整套。」大表哥擦著還想睡的眼睛說。

「大表哥，不去三友書店買，我要去新開業大減價那家買。」我說。

「倒店了。」

「倒店，三友嗎？是不是給新開業的吃掉了？」我好奇地問。

「倒店的，不是三友，是新開的，開不到五天就倒店了。」

「怎麼可能，不是一位富翁開的嗎？」我感到糊塗。

「想害人，做得太絕。他們想吃掉三友書店，所以在開業一週之間，所有文具都賠本賣出，以為這樣可以打擊三友，沒有想到這些賠本貨，都讓三友給買了去。外人去買，買不到貨，再補的貨不能到達，店空了，不倒自倒。」

「他們不認識三友的人嗎？不賣三友的人就行了。」我以為他們會那麼笨。

「三友書店才不會自己出面去買，那是託我，我叫些同學幫忙，把大批便宜貨都全弄到三友去。」大表哥神經兮兮地，好像是他幫三友進了這大批便宜貨。

「這樣，比三友自己進貨的價格還便宜嗎？」我問。

「當然。」大表哥瞧我臉色說，「不信是嗎？真的，他們三位店東今晚還要請我們五位同學吃飯哩。」

到了三友書店，今天人多生意好，有些想去新開書店買的人，都湧到這裡來，還大罵新店騙人，買不到的，都在這裡買。

三友書店不但沒被吃掉，反而賺了一筆錢。小朱看到我們，急急忙忙地趕過來，取出一大包的東西，就是我要購買的水彩畫具，寫生架、折疊椅、寫生板、畫袋等等齊全，用紅色紙包裝。

「小表弟，這是我們三友書店送你的。」小朱客氣地說。

「不，我要買的。」出於意外，我不知所措。

「沒有關係，這一點小意思，大表哥此次幫了三友大忙，我們打勝仗。」小朱說。

這時候，顏經理、張副理都來，向大表哥道謝。

「不必謝我，這全是你們三人計劃周密，我們幫忙是小事情。」大表哥佩服他們三人對問題的研討是多麼周到，事情進行當然順利。

「晚上七時，在復興菜館吃飯，請小表弟也來。」小朱說著，瞪著我瞧。

「謝謝，我下午得回鄉下去。」我高興地接過這一大包禮物，它是我積蓄數年的零用錢想購置的畫具。

三位送我們出書店，大表哥請我去吃花生湯及蛋糕，我感激地說：

「大表哥真好。」

——七十年六月《自由日報》

一束黃玫瑰

現在，我以一束黃玫瑰，憶念著遠方在受苦難的姐姐。

年初，南京打聽到陷於大陸姐姐的消息。知道姐夫被共匪折磨死了，姐姐被迫下田耕作，共匪留給她的一點地，生活異常艱苦。姐姐身體一向衰弱，曾經患過一場大病，南弟建議我，託香港友人寄些錢給她，以表慰問之意。

說起姐姐，兒時景象，還記得十分清楚。姐姐原是伯父的獨女，伯父伯母早逝，媽便把姐姐接過來。她比我大三歲，是我小時候的玩伴。姐姐性情溫柔，心地善良，勤快，幫忙媽做很多家事。她在我們家庭中的地位很低，大概不是父母親生的緣故吧?可是，我們兄弟都很愛護她，尊敬她。姐姐從來未曾向父親要過什麼東西，常常是我兄弟去城裡時，向父親要些布料（父親在城裡經營一家布店）回來給姐姐縫衣裳。

姐姐喜歡種花，在庭院空地間，她種了一株白茶花，十來株黃色玫瑰。姐姐生活樸實，甚至於對花卉也不喜歡過於嬌豔的，如牡丹及紅玫瑰……等。從姐姐的衣著上看，她喜愛黃色系統的衣裳，如黃色衣服滾上豆綠色的邊，蠻適合，既不豔，也不素。姐姐的美麗被鄉民所肯定，也不知道誰替她取了一個綽號，「黃玫瑰」。姐姐對這個名字既不否認，也不生氣。

「我姓陳，不姓黃。我若姓黃，乾脆就叫黃玫瑰好了。」姐姐得意地說。

姐姐有繪畫天才，從她手紅作品可以看得出來。她有時陪我去寫生，或同我去看展覽，聽她對圖畫的批評，觀點都正確。我中學畢業之後，要去報考美專，曾建議父親，讓姐姐與我一起去學畫。

「女孩子中學畢業就夠了，書讀再多沒有用，還是要出嫁的。」父親的思想太陳舊，總以為女孩子是別人家的，他是不願意花這一筆教育費的，再說，姐姐也不是他親生女。

姐姐不再升學也好，媽媽身體欠佳，家中有三個弟弟上學，已忙不過來，姐姐在家，多少可以減輕些媽媽的操勞。

記得姐姐結婚的時候，我在校求學，未能趕回去慶賀她的佳禮，我特地請人帶給她一份禮物，一束黃玫瑰。數日後，我接到姐姐來信說：「黃玫瑰帶來幸福與快樂，謝謝大弟弟。」

婚後的姐姐很少會面，我來臺灣之後，一直沒有她的消息，只知道她遷居德化，並在德化置有產業，相夫教子，生活得不錯。共匪竊據大陸時，姐夫被下放勞改，產業被沒收，這是我早預料得到的。

今天南弟想託香港友人寄些錢給姐姐，讓我想起了許多兒時往事，像姐姐那麼堅強的人，在共匪磨折下已變成一個衰老多病的婦人了。我想起一株盛開的黃玫瑰在風雨中的情景。

八年前，陪貞婉去員林拜望一位老師，順便去參觀玫瑰推廣中心，帶回來一束黃玫瑰，貞婉把它安置在我畫室中，供我油畫之用。後來我把它製作木版畫，三色套印，效果很好。

山居

閒看塵間事，雲聽風裡濤。

——閒雲居

山頂上的這幢小屋，居住著一位女詩人，她把這小屋定名為「閒雲居」。從她們的對聯：「閒看塵間事，雲聽風裡濤。」猜想這位女詩人，該是年長而經歷人間坎坷，識破紅塵，在山頂上隱居的人。萬萬不會想到她是個年輕美貌的女孩。詩作發表不多，大多是抒情詩。聽說她寫詩是為一位男友而寫，隱居在閒雲居，也是為那位男友而藏身山上的，避免許多其他情感的困擾，獨自隱藏在山頂上，少看見世間俗事，而多聽一些松風呼呼，為她男友保持下一份誠摯的感想。

與詩人認識是在八年前，蘇子率領劇團來臺中表演，臺中一家文化公司請蘇子吃飯，邀我作陪，同席除蘇子外尚有許希哲及許多青年女賓，主人以洋酒請客，酒過三巡，談笑鬧酒。我不會喝酒，更不愛鬧酒。我發現到另一位不鬧酒的，就是詩人，她走向我舉杯。

「為我們的沈默而乾杯。」她向我敬酒。

「乾杯？」我感到意外，把酒喝乾。

「謝謝。」詩人乾杯後離去。

詩人講述她住山上閒雲居的美麗風光，但從不告訴人家，她住的是那座山，那一幢小屋是閒雲居，神祕兮兮。

「閒雲居在那裡？」有人問。

「山上。」

「那座山？」

「在苗栗呀。」

苗栗許多山，不知是那座山上才有閒雲居。也許是詩人夢想的一個神祕地方，一個意象，飄泊在雲間的山頂，一處世人不易到達的所在。

有時候，可在畫展會場遇見她，她對畫有興趣。

「從那裡來？」

「山上。」

「回那裡去？」

「上山。」

簡單的作答，使人感無限冷漠，像面對一座冰山一樣地沒有感情。其實她內心熱情火花從眼眸中噴發。看她詩篇〈幻〉的一節：

即使在愛中
也因想你而淚滴
我的眸心，遂成了
長長憂鬱的河

忽然是懶著的七月
為什麼渺茫了方向
走著你的，在何處併肩……

此去，煙織漠漠
我以不捨的回顧
念你絕響之名

呵
且逼我作一葉枯黃

看出詩人嘗試苦澀的愛情，或許是她把愛孤注一擲，希望奇蹟出現。難怪把憂傷的心靈安置在虛渺的閒雲居中。

久久沒有看到詩人出現了，偶爾在報章讀到她的詩，還是那憂傷的心聲，說出她的愛。她是個從苦澀中尋覓一絲絲的酸甜。

一年前，聽說詩人從山上掉進海中，不知何故下海唱歌，當一名歌手，以歌聲表達出內心的情感。唱歌，並不是一件壞事，把歌聲傳給人們，也是一件快樂的事。

有一位喜歡跑歌廳的朋友告訴我，詩人的歌唱得不錯，音韻聲調都好，臺風高雅，不像一般唱歌的那麼俗氣。有時也唱自己作的歌曲。已應聘出國演唱了。

真該為她高興。此後，在畫展會場上，她已很少出現了。

閒雲居何處？沒有地址的地方。虛幻中構成，也在虛幻中消失。

關於情感方面，詩人於去年六月間，發表的〈道情〉：

踏亙古而來
所有的愛
無非乘風載雲
所有的情

莫不披星戴月
屬於你的
卻擅自飄零
一如落花紛紜

若是鏡花水月
就該日日夜夜禪唱
生生世世成空

而我
既是相思
也是一番
愁腸的等待

把情感事放擱在一邊，不再為那位男友而隱藏在山上閒雲居聽風濤，下海去撈一些魚蝦，使自個兒生命的彩虹，呈現於人間。

我的《山居圖》，藉著詩人的這個虛幻，讓其出現在畫面上，讓其真的能實現，山頂上的小屋：閒雲居。

——七十一年十二月《自由日報》

鐵樹與鵝

唸小學五年級的時候，我要求大表哥帶我去看兩樣植物：一是含羞草，一是鐵樹。這兩種植物在我故鄉極少，本來在校園內有一株含羞草，聽說同學們常常觸動它，已經枯死了許久。所以我對這兩樣植物，從老師教學得了一點常識，知道含羞草是一種草本植物，有人觸動它，立即將張開的葉子合攏而垂下。鐵樹屬於蘇鐵科，不易開花，開花就有祥瑞之說。

有一次寒假期間，大表哥城裡回來，姑媽要他去玉坑鄉買鵝，他來我家邀我一起去。

「小表弟，你不是要看蘇鐵嗎？」大表哥說。

「什麼是蘇鐵？」我不懂。

「蘇鐵就是鐵樹呀。」

「鐵樹、含羞草都是我想要看的植物。」我高興地說。

「那麼，你陪我去玉坑鄉，那裡有兩株蘇鐵，歷史最久，以前曾開過花。」大表哥知道我會跟他去的。

「好呀，去玉坑鄉有多遠？」我問。

「比進城要遠一倍路程，是走山路。」

「買鵝要去那麼遠嗎？」

「當然不必，主要的是要帶你去看蘇鐵。」大表哥把此行重點放在看蘇鐵，而不是買鵝。

「既然是專程去看鐵樹，那就不必去了。」我不願跑那麼遠地方去，是專為了看鐵樹。

「傻子，那裡的鐵樹很出名，普通蘇鐵都是二、三尺高就枯死掉，那兒的蘇鐵有一丈多高，還是活著的。」大表哥一副非去不可的樣子。

「真奇怪，怎麼會活那麼久呢？」我問。

「風水好。」大表哥又拿風水來騙人，因為我最不懂的就是風水。

我們一道去找姑媽，姑媽告訴我，她要養鵝的計劃，說玉坑鄉的鵝種最好，易養快長，肉味鮮美，要是餵上一、二對小鵝，將來慢慢繁殖到三、四十對。姑媽已將屋後荔枝樹下，用竹籬圍起來，就在那兒餵小鵝。

我知道大表哥非去一趟玉坑鄉不可，還說是帶我去看鐵樹，我不領情。但是，我還會陪他去一趟的，見識一下鐵樹也不錯。

姑媽為我們準備兩份飯包，是把米飯放進一隻草編織的袋子裡，有肉有蛋。像臺灣的「便當」一樣。我與大表哥出發時，大表哥要我背他的照相機，他帶飯包。

「大表哥，飯包比較重些，讓我帶，你背照相機吧。」我說。

「不必，比較重的該我帶，那路程遠。」大表哥好會照顧我的。

「他才不會那麼好，飯包只有帶去程，回程就不必帶了。」姑媽說。

「原來是這樣。沒關係，我會背照相機的。」我極願意為他背照相機的。

「媽，回程我要拿小鵝哩。」大表哥說。

姑媽錯怪了大表哥的，大表哥一向是照顧我，愛護我的。

經過了一段大道之後，進入山區小路，我喜歡走山區小路，看看林野小花，及一些不知名的樹，聽聽鳥叫，再加上大表哥的說笑，並不覺得疲勞。

到了玉坑鄉界，這村落在山中，翠綠的竹林間，一道溪流，我們走過小橋這是一小街，小街末端道路旁，一片農田，幾戶農家。

「你看，那邊兩株就是蘇鐵。」大表哥指著說。

「只有兩株，不是很多，像一處森林。」我有些失望。

「全縣能找到幾株？像這樣的，恐怕極少吧。」大表哥說，「你去看看，我去那屋裡買小鵝。」

我從樹幹到枝葉均仔細地觀察，除了那翠綠而整齊的針狀葉子之外，沒有什麼讓我特別喜愛的。看了許久，仍然找尋不出我能喜愛的。

大表哥喊我進屋裡休息，屋子不大，我們在大廳堂歇腳，已經正午了，我們吃帶來的飯包。屋裡主人，剛煮好甘薯與山芋，請我們吃一點，山芋是連皮蒸熟的，要吃的時候，剝去皮，灑些鹽，芳香可口，我蠻感興趣的。

買了兩對小鵝，放在裝竹筍用的小竹籃裡，我準備為這群大鵝拍照，大表哥卻要我與蘇鐵拍照，逗留了兩、三小時，我們才回來。

第二年夏季，這株蘇鐵開了花，轟動了鄰村村民，紛紛地前往觀賞。

「要不要去看看？」大表哥問我。

「不要。」我沒有興趣，去年那一趟路，腳痛了兩、三天。

「鐵樹開花，好兆頭。今年國泰民安，農作物豐收，大有希望。」大表哥一串吉祥話。

但願是個好預兆，姑媽的小鵝已成大鵝，大鵝已孵出小鵝，這豐收是一定的。

——七十一年三月九日《自由日報》

北辰村之冬

記得我剛進美專的第一個學期，寒假回到了故鄉，接我唸小學時候的張震南老師妹妹的信，說她哥哥從政之後，奉派到四區（福鼎山區）去當區長，要我去福鼎山區玩幾天，順便作旅行寫生。

四區離我家要走山路兩天，交通非常不便，那時候，閔縣長為了要開發大福鼎，親自率領了一批官員去四區視察。我一時好奇，也去四區走一趟，看看那高山區域的風光，也好看冬天的雪景。

越過了幾座山，仍然是在山區道路上走，好在山區景色幽美，走了九十餘里路，不至於感到疲憊，到了一個小村落，天色已晚，必須在此歇一宵，這村落只有一條小街，三五間雜貨店，找不到旅店，遇上一位本鄉自衛隊員領我去鄉公所借宿。到了鄉公所，在辦公室旁的一間小臥室，點上了煤油燈。已下班沒有人了，自衛隊員出去找人，大半小時之後方帶來兩個人，一個去廚房為我煮晚食，一個說是凃鄉長，見個面之後，即去辦公室掛電話，我大約聽到：「……明天派人來送一名壯丁去補那缺的兵役……他長得好，甲級身材，沒有問題。」

後來我知道是給區公署掛的電話，這裡已屬於四區管轄之內。

「我可以借掛個電話嗎？」我問凃鄉長。

「可以。」鄉長非常客氣，「掛那裡？」

「四區區公署。」我說。「好的。」涂鄉長在拿起裝在牆上的電話，搖了幾下，「明晨，我派自衛隊員帶你去。」

「鄉長不必客氣。」我接過聽筒來，「涂鄉長有事請便吧。」

鄉長回去，我的電話也接通了，我告訴張老師已經來了，明天下午四時可以抵達他那裡。

一大早就起來趕路，自衛隊員帶我前往。一路上，我們極少交談，我是邊走邊欣賞山區景色，昨夜讓涂鄉長招待飯食，今天他又派人護送，大概是張老師囑咐這麼做的。

氣候冷了，比平地相差太多了。到了北辰村，是四區區公署的所在地，一幢大碉堡，就是區公署。

自衛隊員把我帶到兵役課，口袋公文一交，便走了。我想去找區長室而走出門外。

「不要亂走動，暫時到拘留室住。」一位職員說，並制止我往走廊去。

「我是來找區長的，幹麼去拘留室。」我感到奇異。

「找區長？」

「是，我是他請我來的賓客。」

「那麼，他們鄉公所怎麼把你送來補兵役的？」那職員感到很意外。

「把區長請來的客人當為壯丁補兵役缺，那不成笑話了嗎？」我才明白，他們昨夜對我禮遇，原來把我當壯丁送來補兵役的。

我把這事告訴張老師，張老師極為氣憤，立即掛電話給涂鄉長，要他趕來區公署一趟。區長室已暫改為縣長辦公室。區長改到大辦公廳和大伙兒一起辦公。臥房也是臨時的，在縣長室鄰近一房間，張老師為我加上一張臨時的軍用床。這一排房間都安排給縣長帶來人員住宿之用，真是大有人滿之患。

第二天，涂鄉長來，區公署給他的處分是：「濫抓過境客人充作遞補兵役，記大過一次。」涂鄉長來向我道歉。我覺得好笑，這一場誤會，使我得到了此行的方便。

「謝謝涂鄉長的招待。」我說。

「謝什麼，大過一次，看樣子，我這個鄉長是當不久了。」涂鄉長蠻可憐的。涂鄉長真有自知之明，鄉長可能幹不久，我剛聽到縣長當面罵他「糊塗」。

在北辰村住了半個月，與閔縣長很談得來，有時也常與他們去山區各地巡視。閔縣長有意在山頂開闢一小公園，以供鄉民休閒遊樂之用，要我為公園地區畫幾個亭閣樣式。閔縣長以前曾幹過報館社長，當過主筆，對文學藝術有濃厚的興趣。

北辰村中有一所小學校，八百多學童，因為太偏遠，師資素質不高。因為縣長暫住四區，所以召訓全區村里長及幹事，也借用小學校。北辰村像是振作起來了，道路及各家房舍都洗刷乾淨。村民自動出錢出力開路、造橋、美化市街。閔縣長要教育科督學去小學示範教學，有時也要我去小學教美術。縣長看我熱心工作派我一項工作：籌辦一個晚會，以小學與村里長訓練班的人員為主，節目有歌舞、話劇、雜耍。

在北辰村的坡地，閔縣長前幾天叫人種植數萬株杜鵑花，近日來都被雪蓋沒了，除了那些落葉的樹幹，一片白皚皚的。

「別看這一片白雪，春來，這裡杜鵑花開，那是人間仙境哩。」閔縣長相信剛種的杜鵑花不會凍死。

「縣長，明年春天再來嗎？」我問。

「太不方便，現在經道路工程人員策劃，這條路開闢完成時得五年工夫。」

「工程太大了。」張老師說。

希望將來的福鼎山區成美麗的公園。我穿著軍用的棉襖，在寒風中行走，望著閔縣長的一伙人走過，我實在欽佩他們為開發四區的決心與努力。

雪又下了。雪花飄在我棉襖上，我想：冬天已來到，春天不遠了。那坡上的數萬株杜鵑，將會使北辰村添上彩色，那時候，我畫的北辰村，該不是像這幅素色的雪景。

——七十年十二月十九日《自由日報》

花

燈

小明這孩子，才十五歲，就會紮很巧妙的花燈。從大年初一起，他就躲在房裡忙碌地紮花燈。小明在小學就讀，因為家境清寒，平常除了上學之外，還得幫忙父母做些雜事，所以功課不好。父親對他很失望，自去年起，在他放學回家之後，不再分配他幫忙做事讓他有充分時間溫習功課，當然不會讓他私自紮製花燈。在過年時，他有壓歲錢，也有了一些閒時間，紮製花燈不會受父母的責斥。

利用壓歲錢，在一家竹藝店買了些竹條，再去紙店買些彩色紙張。小明就專心地製作各式各樣的花燈，大部分以動物為主，經常看到的家畜。一天，大表哥要小明給他製作老虎燈，做了兩天，改了又改，終於糊上了紙。大表哥去看，怎麼看都不像，大為生氣。

「怎麼做成這樣子，像什麼老虎，真是……」大表哥大吼著。

「我沒有看過老虎，不會做嘛，你偏要我試試看，還給你錢好了。」小明快要哭出來，把剛糊好的燈籠，拆壞，連支骨竹條都拆斷了，表示不再做這個老虎燈。

「哎，幹嘛要弄壞，可以改。我告訴你老虎的樣子就得了。」大表哥的語氣溫和了些。

「不要，不要。」小明堅決地不幹。

大表哥答應給韓娃一隻老虎燈，現在小明不幫忙製作，卻為大表哥添上了難題。韓娃很失望，大表哥拉著韓娃的手說：

「韓娃，走，我帶你進城裡去挑選一隻花燈，那要比小明做得好多了。」

決定帶韓娃進城買燈的大表哥，得到韓娃娘的同意，在年初七早上，他們進城去，晚上回來，韓娃看著城裡的元宵花燈，都沒有能夠比小明做得高明，不是圓的就是六角形的，沒有動物形態的，因而空手回來。

第二天，韓娃去看小明紮製花燈，好羨慕他能紮出這麼美的花燈。

「小明哥，你怎麼不會紮老虎燈呀？」韓娃問。

「當然不會，因為我從來沒有看過老虎是什麼樣子。」

小明在紮一隻公雞形的燈，他依據前天在紙上畫好的圖樣，很專心，有耐心的要把這隻大公雞燈製作完成。突然韓娃闖進來。

韓娃抱著一隻兔子，進門之後，兔子放在地上，兔子亂跑亂撞，小明耽心兔子撞壞了那放在地上的燈籠。

「韓娃，你幹嘛，快把兔子抓走。」小明大喊。

「我……我要你看看，這是兔子呀。」

「誰不知道牠是兔子。快抓走。不然，我要將牠趕走。」小明很生氣。

「哇！」韓娃傷心地哭出來。

「別哭了，回去，回家去哭。」小明抓住兔子給韓娃，把她推出門去。
韓娃把所有委屈給大表哥說了，大表哥很生氣，立刻要找小明算帳。
「這小子可惡，我去教訓他。」大表哥生氣了。
「大表哥別急，這事交給我來辦如何？」我說。
「你去告訴他，不要再欺負韓娃，否則，當心我修理他。」大表哥說完，獨自離去。
我走近韓娃，想安慰她，又不知怎樣說。
「韓娃，你為什麼要抓兔子去給小明看？」我只有問她。
「要他給我紮一隻兔子燈。」韓娃說。
「好，明天我去找小明，要他幫忙紮一隻兔子燈。」
韓娃的娘送我一對小白兔，很可愛。我把牠裝在紙匣內，拿去給小明。
「小明，有興趣餵小動物嗎？」我問。
「小白兔，可以餵牠。」小明點點頭說。
「送你。」我說，「附帶一個條件：紮一隻兔子燈給我。」
「當然可以，以一隻假兔子換一對活兔子，有什麼不好，明後天就為你紮一隻兔子燈吧。」
片刻，小明說：「今年元宵，祖師廟前提燈賽，我們一道去。」小明一向對我很好，他會幫這個忙的。

「不是我要去，是韓娃。」我說。

「是她……」小明表示不高興。

「她，好喜歡你紮的燈籠。」

「我不紮，我不喜歡她，來這裡吵鬧，哭呀！」

「小孩嘛，你讓她點。本來是大表哥要送她一盞老虎燈，你不會紮。所以我要你紮一盞兔子燈，是我要送她的。」我說。

小明勉強答應下來。我並說服他，要他在元宵夜帶韓娃一起去祖師廟參加花燈遊行。

兔子燈紮好之後，小明親自送來我家。韓娃的娘帶韓娃來，非常高興地。

韓娃的母親對韓娃十分寵愛，自從韓娃父親去世之後，留下一大片田地產業給她，生活富裕。

「元宵節那天，我要請人製作湯圓及花生糖，請你來嚐嚐。」韓媽媽邀我去她家吃東西。

「可以帶一個小孩去嗎？」我問。

「歡迎。」

元宵那天，我帶小明一起去韓家。我取了一包花生糖就走了。韓媽媽留小明吃晚飯。然後，讓小明帶韓娃去祖師廟參加花燈遊行。

我是遲些時間，自己去看熱鬧的。

在許多花燈中，小明與韓娃的花燈最為美麗，連三叔公都讚美。

「明年元宵節，我們籌一筆款，叫小明多紮一批動物花燈，為我們爭光。」三叔公呵呵地笑起來。

「小明，明年寒假，我找些人幫你，我出錢開一家花燈公司，大量生產，如何？」大表哥又動生意腦筋了。

「好呀，」小明好高興地說，「我是不會紮老虎燈的。你不生氣。」

大家笑起來，好開心。

——七十一年二月《自由日報》

舞
龍

元宵節過後，學校也開學上課：「年」已經過去了。

小孩喜歡過年，大人不愛過年。每到過年，我卻懷念著當小孩時過年的有趣，的高興。在臺灣，生活富裕，吃好的，穿新的，卻不為奇，有人說，在臺灣的人生活過於浪費，天天在過年，唯有與平時不同的是燃放鞭炮、舞龍、廟會及花燈等民俗遊藝。

小孩時在故鄉過年，唯一使我高興的，不是吃好的穿新的，而是看舞龍、舞獅，常常跟著舞龍陣，跑遍了鄉里街頭，感到其樂無窮。長大時候，加入舞龍與舞獅隊伍，先是打鑼或擊鼓，以後才可參加龍陣舞龍，一連數日，不致於疲憊。記得我的一位大表哥，組織一個國術團，平時在工作之餘，教教拳術，訓練十來個年輕力壯的，每年春節時候，舞龍舞獅，廟會時，比賽常得冠軍。大表哥要我與他搭配，他弄獅頭，我做獅尾巴，他舞龍頭，我當尾。姑媽常告訴我說，我小時候極欽佩大表哥，跟他學過打拳，身體才長得這麼強壯。

時間過了三十年，大表哥也快六十歲了，他仍陷在大陸，年前得美國轉來他的消息，知道他仍在家鄉種地，身體衰老了，這三十年裡，他不可能舞獅舞龍，也不會再教打拳。

今年春節，我聽到鑼鼓聲響，總會出去看熱鬧，心裡尚保留著那分興趣，我會想起大表哥教我打拳及舞龍，那印象是多麼的清晰。

前星期天，一位友人要帶領一中隊童子軍去參加露營，問我有什麼節目可以參加營火會表演活動。

「人多舞龍，人少舞獅。」我說

「好，舞龍。」他贊成。

準備了道具，由一位曾經參加過舞龍的人，權充教練，指導一切，不到幾天，在鑼鼓聲中的拍子舞著，蠻像樣地，希望這一條龍能在營火會中，活生生地舞著。

龍，仍然活躍地在每一位龍的傳人的心裡。

——七十五年二月《中央日報》

永懷蔣公

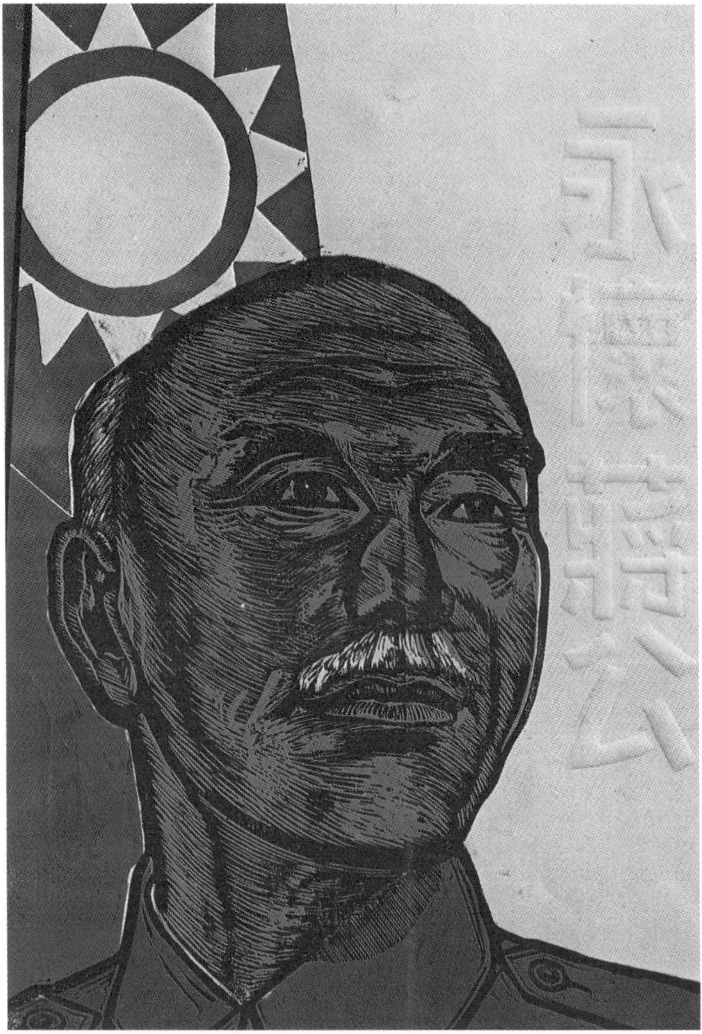
永懷蔣公

中華民國六十四年四月五日，在萬民悲慟哭領袖，舉世同聲悼偉人的浪潮中，藝術界發起了「懷念蔣公畫展」，表示全國畫家對蔣公之崇敬。因此，我著手製作蔣公造像木刻版畫，這次是第三次為蔣公刻像，記得當我嘗試木刻，第一幅作品是刻蔣公側面頭像，雖然版面不大，但是神采、氣質都表達得很好，這幅畫使我對木刻版畫有信心，加勤我對刀筆之使用。第二幅為蔣公刻像，是在服役時，主編《格鬥》畫刊，第一期用的。《永懷蔣公》是第三次為蔣公刻像。

《永懷蔣公》當時僅印製四幅，第一幅參加「懷念蔣公畫展」，展後贈與中正紀念堂。第二幅贈與救國團溪頭活動中心。第三幅贈與倫敦自由中國文化中心。

民國六十八年，我應邀去英國威爾斯畫展。卡迪夫市雪爾曼藝教中心的畫廊不大，只能展出五十二幅作品。我在六十七年底接到邀請函之後，著手準備，怎樣選畫，怎樣印製畫冊等事，選畫，必偏重於東方情調濃厚的作品，有關臺灣鄉土、山水、花鳥都選入一部分。最後決定用一幅：《永懷蔣公》。

六十八年九月畫展開幕，當年八月底我與貞婉抵達英國，先去威爾斯卡迪夫，把五十二個作品布置好，《永懷蔣公》掛在中間極重要的地方，而是一幅不標價的「非賣品」。（此畫展出後送給倫敦自由中國文化中心收藏）

雪爾曼藝教中心主任，看過我布置的會場，並未向我表示對《永懷蔣公》畫的異議，聽說在記者招待會上，有些政治敏感的記者，對掛這幅畫提出了些小問題。那時，我們應英國作家韋英之邀去牛津，沒有在場，記者的問題，雪爾曼的主任及祕書都無法作答。

威爾斯大學教授瑪麗安小姐請我們在國家歌劇院看華格納歌劇。那晚，氣候很冷，我穿上一件當地藝術家便服。當歌劇第一幕完了，休息時間，一位記者出現在跟前。

「請問，你是畫家陳其茂嗎？」

「我是。你是……」

「《西方郵報》記者西門。耽擱你幾分鐘，請教幾個問題。」西門從背包內取出一本筆記本，準備記錄。

「好的。」我把貞婉拉到前面。「她是我的太太，請她幫我翻譯。」

「陳太太你好。」西門禮貌地點點頭。「陳先生在雪爾曼藝教中心的畫展將要開幕了，我先去看過，有些問題請教：第一，此次來英國畫展，是否你們政府安排的？你來英國是否有政府給旅費？」

「此次畫展，是我應雪爾曼藝教中心主任之邀請而辦的，沒有任何官方關係，純屬私人。自費來英國，沒有拿政府的補貼。」

「自由中國臺灣與英國沒有邦交。而你在展覽會場上掛上一幅背景國旗的蔣介石像，是否有特別意義？」

「展出的五十二幅畫，均以臺灣景物、風土、人物，當然包括我們的國旗與領袖，我想，並無不妥之處。」

「請問，已往或現在，你曾經在蔣介石下當過官嗎？」

「我的職業是教書與作畫，對政治沒有興趣。」

「看你的展覽室，很重視這幅蔣介石畫像，安置在極重要地方的『非賣品』。有什麼特別意義嗎？」

「蔣公是我國最好的領袖，他為全國人民之愛戴，我雖是個畫家，卻很崇敬他。該不會錯吧？」

「我知道蔣介石是位偉人。今天，我深刻地瞭解中國人民是如此地崇敬他。你的處理是百分之百正確的。祝你畫展成功。」西門記者伸出手來，緊握我的手。「謝謝你。」

第二天，《西方郵報》登出這段談話，其他的記者在預展酒會中見面，沒有人再提這件事。

——七十一年四月《中央日報》

給西克小鎮

The
Queens

在英國國立公園湖區的第三天，我們去訪給西克鎮。

貞婉為了要訪十九世紀英國湖濱詩人，前天去渥茨華斯及柯羅律基兩詩人之故居，在湖區走過了甘達爾經溫得美、安布塞德、立達瓦特、古拉斯密爾等地。我們在李達山渥茨華斯的住屋參觀，進入門之處取了一張華文的說明書，一位中年婦人走過來說：「我好高興，這份華文說明書終於有人使用。你是第一個使用的人。」她自我介紹是詩人的孫女，領我們參觀客廳、臥室、書房、詩人妹妹的臥室、廚房及餐室，這房屋在三年前開始開放供人參觀的。

第二天，我們去古拉斯密爾參觀渥茨華斯博物館，這房子那時稱為「鴿居」，比李達山的房子大，而很古老。裡面存有詩人手稿、往來信函、繪畫、雕塑、照片等等。而詩人墳墓，太太、妹妹墳墓是在附近教堂。

去給西克小鎮為的是訪另一湖濱詩人莎第的故居，乘那有樓上的巴士，在樓上座位，可以看到湖區的景色。

給西克小鎮是很優美的地方，伊莉莎白時代的建築，水泥牆壁漆白色，木頭部分漆上黑色。市街很熱鬧，大部份是湖區的遊客。

中午時分，我在一家工藝品商店選購一件瓷騾拉車，貞婉去買一大包食物來，有炸魚、炸雞腿、三明治、炸洋芋、水果及飲料。我們必要找一處可以坐下吃東西的地方，從大街往前走，到了格瑞塔廳，低矮的石塊牆圍，內面那寬大庭園，有幾棵古松參天，枝葉之間可看到那靜寂的房舍，真想到裡頭去逛逛，可惜在門前一塊牌上寫著：「私有地」，警告不得任意進入。據說原先這裡一間莎第紀念館，現在改建私立女子中學，紀念館也關閉了。我們不便進去，只好在這廊口座位上，坐下來吃剛買回來的食物。

走完這條大街，看到山坡上的教堂，我們就在那教堂尋找莎第的墳墓，進了教堂大門，直往祭臺走去，左邊一座棺木形，上面躺著的大理石像，就是莎第。從這石雕看，莎第長得英俊，雕像很新，雕刻工不錯。讀說明書上，知道這座大理石像是大前年才完成的。一九七七年，教堂神父以紀念莎第，而修整莎第墳墓，向巴西政府募款九百鎊來建造的，莎第生前曾撰寫過巴西歷史，深得巴西人民的愛戴。

莎第墳墓在教堂背後墳場，墓碑新刻，字跡清楚乾淨，我們在那裡逗留了半小時，憑弔這位湖濱詩人。

——七十一年十月《中國時報》

晌午的小巷

佛羅倫斯是義大利第七大城市，與羅馬或米蘭比，那是小多了。當我首次去佛羅倫斯時，就特別喜歡這裡，在未訪佛羅倫斯之前，對這文藝復興的基地已有深刻的印象。一九七五年我參加中國天主教朝聖團前往羅馬，曾到佛羅倫斯兩天，我們只看過幾座大教堂、藝術學院及烏非茲美術館、米開朗基羅紀念廣場等地。一九七九年，我二度往訪佛羅倫斯，我與貞婉一起去的，安排在這裡住了四天，整天跑美術館、博物館，太好了，在這藝術寶藏中，我們的眼睛及腦子都好像不夠用了。

中午，我們仍然回飯店用餐及休息，在房間往窗外望，這小巷街道中，本來是熙熙攘攘地，怎麼會安靜下來，顯得特別乾淨、安詳與美麗。

我在速寫本上，畫那小巷的房舍與街道，那些能代表翡冷翠文藝復興的建築，用石塊或磚塊砌成的房屋，從這邊樓房上通過街道到那邊的樓房的騎樓，及那城門式的建築物，在晌午時分的太陽下，明與暗，光與影格外清楚，顯示都市中的安詳、美麗。

在藍天，我畫上了一朵白雲，使這靜寂的小巷上空，有朵飄動的白雲，不就生動多了嗎？

四天之間，我們沒能走遍全翡冷翠，只是盡可能多看些藝術品及偉大的建築物。白天忙忙碌碌，夜晚空閒下來，午夜，這裡仍是燈火輝煌，與白晝差不了多少，雖然在國際能源短缺聲中節約用電，對佛羅倫斯沒有多大影響。午夜之間，我還沒睡，或是睡不著，常是依窗眺望，這一帶的街巷，及那國王廣場的雕像，都可寫入速寫本裡，以後，貞婉也學我，憑窗畫外面景物。

沈睡著的大街小巷，有一份靜態美。白天，我們走在那大街小巷，這裡每天湧進數萬人外來旅客，街道一批批人潮，那些大型巴士停下之後，導遊領著大批觀光客各處走動，介紹這，介紹那，一座雕像或是一幢古屋，就夠導遊費了半天口舌。賣畫冊及紀念品的攤販各處都是，與夜晚那沈寂的情況相比，可說這熙熙攘攘的大街小巷是一份動態的美。

佛羅倫斯真是可愛的地方。

——七十年十二月《中國時報》

威爾斯蓄水池

我的第二次歐洲之行，是應邀去威爾斯開畫展。順便到義大利、荷蘭、比利時、法國、瑞士、英國等地遊覽，整天參觀美術館、博物館而忙碌著，唯有在威爾斯的一段時間比較清閒些。英國友人路易士教授邀我們去他那青山中的白屋小住。威爾斯草原，點點白綿羊，已經使我喜愛，當然，我願意前去的。路易士教授家住艾沙克村，是深山中一幢十八世紀的房舍，七年前他買了這一片山坡地，也就把這幢房舍整修一番，房屋外表仍然保持原樣，而塗漆白色，內部卻改裝現代化陳設。

「你們住這一間吧，這裡從前是牛舍。」路易士教授開了門說。

我們進入室內，一切設備豪華，使我們出於意外，臥室有三張單人床，休息室的沙發、書架，寬大舒適，另外浴室、廚房，冰箱內牛乳、麵包、果醬及水果，尚有烹煮早餐的爐子。

路易士教授是英國老教育家，自倫敦大學退休之後，繼任威爾斯大學，喜愛藝術與詩，年已七十，身體健壯，他偕同我們一起爬山，不見得疲憊。他常以威爾斯大草原自豪。

「藝術家，瞧吧，這一片青青草原，是上帝最得意的傑作。」路易士教授到達山岡上，瞭望著一片青山，得意洋洋地說。

關達博士，開車技術不錯，轉彎上坡都很熟練，經過許多山坡，到了威爾斯大水壩，我們在那山上午餐，那裡有兩部賣食物的車，車廂就是一間廚房，專賣炸魚、烤雞、炸洋芋及飲料等，供遊客們野餐之用。

大水壩下面，仍是一片蓄水池，在陽光下，構成一幅極美的畫面。背後的一列房舍與水池水泥，一片白色，藍色的天與陽光下閃爍的綠水。我站在黃砂地，倚著欄杆望去，那藍白之間顯得多麼的寂靜，微風掃過水面，陣陣微波在這一片寧靜中潺動著。

這裡，沒有海嘯聲，沒有汽車機動聲，沒有呼喊叫賣聲，也沒有嘆息與歡笑聲。

一切都在寂靜中。

在寂靜中生活著。陰影仍在移動中，陽光是活著的。魚兒在游，水波蕩漾，水池是活著的。遊客在岸上走動，岸上是活著的。房舍也是活著的，裡面有人在作業。

所有生命活動在這一片寂靜中。

蓄水池，永遠是這麼寂靜。

——七十年一月《中國時報》

小村落的教堂

歐洲之行，經過各大城市，都可見到非常宏偉的大教堂。在羅馬，大教堂看多了，反而看到小教堂更感到親切些。

到了英國，我的心情比較安定下來，去威爾斯卡迪夫，把五十二幅畫配好框之後，畫展的事就交給雪爾曼藝教中心了，等候十二日開幕式酒會時來一下，其餘時間，我、貞婉、瑪麗安開車去探訪幾處英國文學史上盛名的古蹟，如町騰廢墟，坎特伯里大教堂，巴斯溫泉，莎士比亞故居，牛津劍橋等地，自由自在地，有時也跑去教堂或墳地拓畫。生活得極有意義，也極愉快。

一天，從湖區公園回卡迪夫，在一小村落間看到一所小教堂。在英國，建像這一座西班牙式的教堂，實在少見，青石瓦，白牆，十字架塔另建在旁邊，看樣子，這小教堂的歷史相當久了。

我對這一座教堂特別喜愛，說不出理由，貞婉一定要我說，我想，大概是我喜愛它保有一分古拙，藍瓦白牆及那圓頭小窗，顯得一些令人懷古的心情，來追念耶穌受難而與人的啟示。

一切是那麼地安詳，沒有喧擾，沒有爭執，沒有仇恨，沒有戰爭，追思耶穌偉大犧牲，為了愛世人。在這裡人們也學著互愛而敬愛神。

著黑衣裳的修女，把穀粒撒在地上，讓鴿子飛來啄食，一片喜躍散落在地上。

旁立的十字架塔，銅十字架已經變黑，塔座仍然完整，這一面的空地，除了一些青草外，乾乾淨淨地。在英國，凡是教堂所在，就是墳墓地，那些高低不一的十字架，真有幾許恐怖感，它沒有像義大利的墳墓有雕塑像，墳墓像公園。前幾天，我們去湖區，貞婉要訪湖濱詩人的紀念館、故居地及墳墓，看了許多教堂墳地，好嘔心。

我在十字架座坐下來，看那修女餵鴿子，貞婉從後面園地轉回來，她輕聲地告訴我：「後面是墳墓地。」

沒有一所教堂沒有墳地的，我只好假裝沒有聽見這句話，好讓對這座小教堂的印象，永遠是聖潔可愛，沒有墳地的恐怖感。

——七十年一月《中國時報》

水堡

在布魯塞爾，我有幾位比利時籍的朋友，都是王神父的關係而認識的。王神父以往在比利時魯汶大學就讀，那時候的朋友，現在還保持聯絡。五年前，他們曾經來過臺灣，王神父偕同他們到我家來，大家談得極和洽。前年八月我們到了布魯塞爾時，佳壘夫婦招待我們暢遊市區。可惜的是未能見到他們中的其他朋友，都是到外國渡假去了。我想去拜望的那位史先生也渡假去了，他家有一座古堡在布魯塞爾近郊，也無法往訪。

第三天，我與貞婉去安德維普，途中看到一座水堡，堡並不很古，也不太大，但是很特別，因為是建在河邊，五分之四在水中，五分之一緊靠山坡陸地，這山坡一片叢林，不知是什麼樹，樹葉已變黃發紅，令我奇怪的是八月間氣候是這麼冷，我不知這算是秋天或是冬天，從那堡的正門，有一道石橋，可通到這一邊園地，隔著河，園地青草坪，植有樹，也種了花，靠近水邊的萬年青，剪成了一道矮矮的圍牆。

水堡所以能吸引人的眼光，原是水堡映在水上的美麗倒影。假如這座堡建在山岡上，就不會有這麼美了。

晴朗的天氣，早上陽光照亮了水堡的一面，可以看清楚那建堡的石塊，許許多多石塊砌起來的堡，整個立在水中的圓型的，高高的，圓尖頂，其後為方型大樓，靠水頂樓有一列突出來的走廊，人們可以在此欣賞河上的景色。

我們從石橋走到門前青草地，草略為變黃，仍然乾淨可愛，我坐在草地上曬太陽，貞婉為好奇心所驅使，走到堡門前仔細觀察一番。

「這水堡像是無人居住。」貞婉說。

「不可能，因為庭院有人整理過。」我根據這整潔環境而判斷。

一公里周圍都沒有住家，有誰住在水堡呢？誰有這種雅興呢？誰來住此，多好，可擁有這一片好景色。

一對天鵝游過來，河面劃了兩道水波。

「有人住，一定有人住。」我說，「願住這裡的人是一位藝術家，或是一位詩人。」

「我想，這水堡準是一座鬧鬼的房子！」貞婉笑出聲來，笑得很開心。

——七十年一月二十五日《中國時報》

虔誠的二老嫗

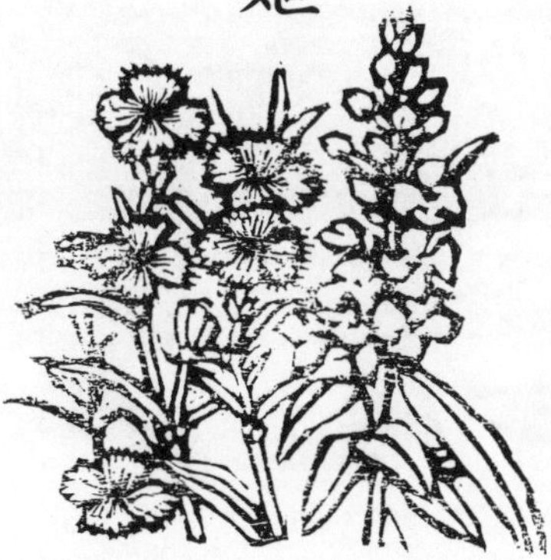

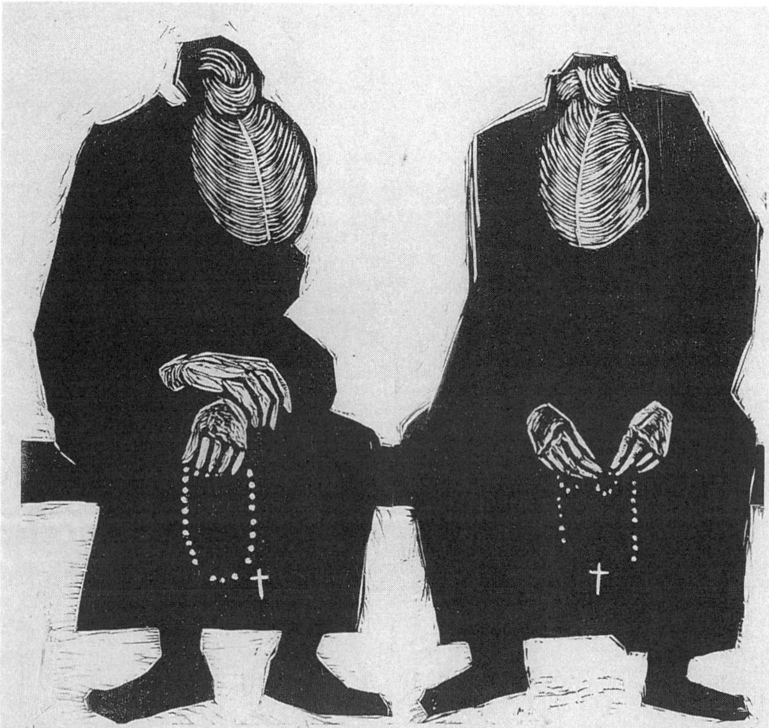
11/50
Journal of a Tour to Europe (Rome)
Chen Chi-mao

在羅馬住了半個月，貞婉把羅馬市區地圖的各博物館及四大教堂都用紅筆圈了起來，註明去訪時間，按預定的一一去過，整天忙忙碌碌地。

義大利人崇愛藝術，古羅馬之傑出藝術家，創造了許多不朽的藝術作品，形成歐洲的藝術寶藏，吸引了數千萬觀光客湧入羅馬。在羅馬認識的一位朋友尼瑞娜告訴我們，在我們住的索連多飯店附近的一座小教堂叫聖瑪利亞堂，有貝利尼的雕刻名作《聖德勒撒之狂喜》。

我們找到了聖瑪利亞教堂，教堂不大，就在我們住的後街，同一條街有三座教堂在一起。我們找到了，果然有貝利尼的四件作品。貝利尼的雕塑我極喜愛，他的作品集，我早就買了，對這生動柔美的大理石雕刻《聖德勒撒之狂喜》，存有極深的印象。

貞婉又在羅馬地圖上多添了幾個符號，連小教堂也不放過。

我們去過天主教公墓，在墓園旁的聖勞倫佐大教堂逗留下來，教堂很大，外表並不華麗，在鐘塔下，大堂正旁有一些破碎的石雕棺木。我們剛去過公墓，雖然墳上有許多雕塑，還是有些恐怖感，尤其是將近黃昏，更覺得心有餘悸。貞婉推門進入，轉了一道陰暗的前室，再推門進大堂。

門一開，我嚇了一跳，出現在眼前的，是兩位著黑衣的老嫗，除了黑衣之外就是兩個白髮的頭顱及兩雙枯黃的手，數著那發亮的念珠，口中念著《玫瑰經》，非常專注，我們走近了，她們毫不受驚動，連頭都不抬一抬，看情形，她倆是萬分虔誠。

二老嫗是很好的木版畫題材，我花了很短時間就刻製完成。效果不錯。

去年在歷史博物館個展的最後一天，下午四時我匆匆地趕了去，準備五時把畫取下來。一位好像在高中就讀的女孩找我，說要買一幅畫，在史博館展出都不賣畫的，現在這位女孩想要買畫，使我十分奇怪。

「你想買那一幅？」我問。

「五號，《虔誠》。」她指著那幅黑黑的二位老嫗說。

「是你要的，或是代人買的？」我好奇地問，想起當我製印這幅畫時，我想，這一張一定是一幅都不會賣出的。

「當然是我。」她很堅決。

「你可以告訴我買它的原因嗎？」我想知道一下這女孩為什麼要買它。

女孩笑笑不語，過了片刻，她說：

「非說明原因，您才肯賣嗎？那我告訴您，老嫗極像我的老祖母，她也是個虔誠的天主教徒。」

五時，鈴響了。我開始下畫，第一幅把《虔誠》取下來，交給女孩拿走。

——七十年七月《中國時報》

小兄弟

在威爾斯青青的草原上，看到最多的動物是綿羊，其次是牧牛，都是成群的。偶爾，也有馬群的出現，其他的卻少見了。

路易士教授帶我們去看一位與他同名的路易士博士。博士的牧場就在他的家，轉過兩座山崗就可到達。我們要去大水壩是順路的。

牧場大門一塊木牌上書寫：「路易士博士牧場」，用英文、馬來文、華文三種文字，我知道這位路易士會說華語。從前門到他的住屋有五六百公尺之遠，除了這一道水泥路之外，全是綠油油的青草地，沒有看到綿羊，卻有數隻馬在吃草。車開到近住屋停下來，一陣狗吠，路易士博士打開柵欄門迎出來，看到我們，用華語說一聲：

「你好，請進。」

真難得有一位英國人能說華語，路易士教授為我們介紹，路易士博士家在倫敦，這牧場是他的，經常來這裡小住。

路易士博士比路易士教授年輕些，長得高大強壯，銀灰色頭髮，紅底藍格的毛質襯衫，暗藍色的西褲，像個電影明星。他在倫敦大學研究地理學，獲得博士學位，曾經教過書，去過馬來亞，與中國人學些簡易中國話。我用華語與他交談。

「我只會說幾句，你再問，我就不懂了。」路易士博士性情直率。

女主人出來，並把椅子搬出來，招呼大家坐下談，咖啡餅乾都端出來，招待大家。

博士太太身體纖弱，屬於秀氣型女性，做事很勤快。她領我們參觀屋裡，廳堂兼作業室，廚房連同餐室，還有兩間書房，大小姐、二小姐各佔一間。大小姐承父志，也得地理學博士學位，在大學任教，二小姐讀法律。她們倆姊妹騎馬出遊，得幾天後才能回來。在大小姐書房內掛有一張「少林拳」電影海報，據說她好喜歡中國功夫。上樓的四間房子都是臥房，整理得乾淨整齊。

兩位路易士談了許多，我與貞婉到青草地去走走，看馬去。

我們走向馬群，貞婉採了幾根青草餵馬。

「來，來吃草。」貞婉走近馬，馬就轉身走開。

「用手攔住牠，不讓牠跑掉。」我說。

「我不敢，你來餵牠。」我們從來就沒有接近過馬的，不知馬的習性。

三隻馬表示不友善，另外的馬去試試。

「馬兒來，馬兒來。」貞婉再試餵馬，牠們還是不肯賞臉。

最後一隻，棕栗色，頭頂有一小塊白，四腳下也有一些白色，活潑美麗。我走近牠，牠不走開，我伸手摸摸牠的頭，撫摸牠的頸部。

「乖乖，讓貞婉餵草，不要怕，我們不會傷害你。」我說話，牠好像會聽似的。

貞婉拿青草餵牠，牠吃。撫摸牠的頭，牠很友善。因之，貞婉敢靠近牠，撫摸牠的背，牠好像要讓她騎上。我們走幾步，叫牠跟來，牠來了。我為貞婉與牠拍照。我們走牠跟著。

「我們走向那樹林，看牠會不會跟著去？」我建議上坡端林間去看看。

馬走在我們前面，而加速地走著，好像是領我們去的樣子。到了林口，馬不走了。從林間出來兩隻小鹿，不常見到小鹿，像是小兄弟。

看樣子是出生幾個月，好可愛的大而烏黑的眼睛，鼻子和那微微抖動的小嘴，高豎起的耳朵。金黃色的毛，除了嘴到下巴的白毛之外，有長長的頸下胸前的一塊長著長白色的鬃，真像小孩的圍兜，好美好美。

我們站著，欣賞了這稀見的小鹿，為牠拍照。

「貞婉，去與牠們拍照好嗎？」我說。

「不要驚動牠們，會跑掉的。」她向我擺擺手。「我還要再看看牠們的。」

這小兄弟實在可愛，牠的出現，使我們疏忽了馬的存在，馬在什麼時候跑掉了，我們都不知道。

我慢慢地走近小鹿，當我想伸手去觸及牠的時候，牠們迅速地跑入樹林去了。

「看你，把牠駭跑了。」貞婉怪我。

我想，像路易士博士常往世界各地旅遊的人，能多搜集些奇異動物，在這牧場裡不是蠻好嗎。

我們回到屋內，貞婉問路易士博士關於小鹿的事，知道是非洲產的鹿，一位朋友送給他的，原先不願餵牠們，也沒有特別地照顧牠們，現在長得如此美，是他沒有想到的事，現在聽到我們的這番對小兄弟的讚美，他得意地笑了。他說：「我不願把牧場變為動物園，不然，我有機會要到許多美麗可愛的小動物。」

——七十二年六月《中央日報》

小山岡之春

從日內瓦乘飛機到巴黎時間不長，飛機在巴黎機場降落，王家煜來接我。

「你第一次歐遊，最喜愛什麼地方？」王家煜問我。

「翡冷翠。」我答。

「是否受徐志摩的影響？」

「不是。」不曉得怎麼樣，我對佛羅倫斯的印象很深。可惜行程安排時間太短促，僅有兩天時間，導遊帶我們去看主教大堂、聖母大堂，然後去參觀藝術學院、烏非茲美術館，及米開朗基羅紀念館和廣場。

這是我第一次訪問佛羅倫斯。

當我再度往訪佛羅倫斯的時候，貞婉安排了有四天時間，我們住進了飯店，從櫃臺處取來的一份簡介，知道這地方有三十幾處美術博物館，四天日程仍然無法安排，只好留了些，第三次再來。

佛羅倫斯是義大利文藝復興的基地，它有光榮的歷史，也是藝術的寶藏。現在，不談這些，單憑這二度往訪的感想，用筆寫或彩筆畫已極豐富了。我寫《卡卜里島的太陽》一書，遺漏了《我愛翡冷翠》一章，乃是要寫的太多，幾乎可單獨寫成一本書，所以等待第三度往訪佛羅倫斯的時候完成。

翡冷翠之美為古今詩人、藝術家們所喜愛，我們從這一小山岡的畫面上看，翡冷翠不失為文學與藝術的王國。

小山岡上的建築物，代表了義大利文藝復興時的特色，石塊砌起的大廈，高聳的塔尖，整齊的百葉窗。山岡上除了一片青草地之外，全是金黃色的泥土，那寬大灰色的柏油路旁，一列整齊的龍柏，山岡之間種植了許多桃樹，平時這些樹綠化了山岡。冬來，葉子掉落；春天，枝頭桃花盛開，山岡之間一片桃紅色，美麗極了。

「這就是你喜愛翡冷翠的原因嗎？」貞婉問我。

「原因之一。」我說。

夠了，翡冷翠人傑地靈：有藝術之美，有自然之美，我不必再有旁的需求了。

——七十年六月《中國時報》

黃昏

我們在路易士教授的山中白屋住了幾天，他盡量讓我們欣賞那威爾斯的青山及那綠油油的草原，綴著點點白羊。路易士教授雖是教育家，可是他喜愛文學與藝術，偶爾寫詩，也寫寫藝術論評。興趣生活在大自然美景中，使他能居身這深山間，白屋是十七世紀的農舍，買來改的，外形保留原樣，內部裝修現代化，除了樓上兩間臥房外，樓下較大，包括客廳、餐廳、廚房，還有一間與客廳一樣大的書房。白屋旁另一幢房舍，是我們住的客房，以前是馬房，也改為現代化設備。

關達博士是路易士教授夫人，年紀比他差三十歲，為他照料家事及開車，他倆都在威爾斯大學教育學院任教，每週下山一二次，順便採購些食物及用品。但他們都不寂寞，經常有遠客來訪，一住就幾天。與路易士教授交往的許多畫家，都喜歡青山中的景色，而常訪白屋及白屋主人。

路易士教授說，威爾斯草原的美，白晝與黃昏都不同，就是下雨的時候，也有另一種氣氛的。

假若不懂欣賞這青山綠草的景色的人，住在山中一天就感受到無限的寂寞，但是我與貞婉都很好，都能欣賞路易士教授所需要大自然給予的靈性。

關達把那特製的靠背椅、茶几搬到屋後草坪，英國人有喝下午茶的習慣，安排在青草坪上喝茶，比在室內好。喝了茶，吃了關達製的精緻點心。路易士教授朗誦他的新作，並為貞婉講述詩作的靈感。

我獨自離開草坪，從小山路走去。在山路上走著，越走越遠了。黃昏，天空一片金黃色，我穿過一道叢林，幾棵落了葉的樹，在夕照餘暉中顯現了白亮的樹幹。晚風拂過，那枝椏在空中揮動著，指揮著沒有鳥雀聲的大地樂章，一片沈寂中的幾許蟲鳴。樹下的一些黃色花朵，格外的嬌豔。

三五羊群，緩緩地過叢林，沒有看到牧羊人，羊兒都曉得自己該什麼時候回去。

路易士教授說得對，黃昏時刻青山綠草的景色最美。

一陣陣霧飄過，青山逐漸模糊。

——七十年十一月《中國時報》

灰色的海灘

看過威爾斯的草原之後，路易士教授要帶我們去一小漁村，小漁港，看看那生活在海灘上的漁家。可是他身體不好。年紀大了，過於勞累，會頭痛頭暈。前兩三天，勞煩他陪我們，如果再要去海灘看漁港的話，他可要病倒了。

決定自己去。天冷，我們穿著準備上瑞士少女峰賞雪的服裝，棉襖、毛線帽子，以及昨天在一家毛織工廠參觀時買的毛線圍巾、毛線襪子及手套。關達博士送我們下山，她去為路易士教授請大夫，約好下午三時來接我們上山去。

關達博士車開走後，我們步行在這人煙稀少的地方，我拉著貞婉的手，自由自在地走著，享受著沒有人陪著的自由氣氛。

「我們看海去。」在這陌生地帶，我們走近海，或許我們是迷了路，走錯了方向，海，仍然是可以找到的。

「漁港在那裡?」貞婉問。

「關達博士說，走二十分鐘路程就可到達。」我看看錶，已經走了五十分鐘了。「大概是走錯了方向，我們不必去漁港了。」

「對呀，去海灘走走就行。」貞婉同意不去漁港。

靠近海一帶的沙灘，因為整年海風強大，不容易種植農作物。這一帶海邊，有幾戶漁家，生活極為艱苦，用石塊石片，堆積起一道道的擋風圍牆，圍牆不高，僅有三尺，擋著強風，種些小菜及瓜類植物，也好餵餵牲口。

看那幾株長出圍牆的小樹，多麼可憐，老是光禿禿地，剛長出的葉子，又是被風刮落，沒有死掉，已經很幸運了。

天氣不好，一整片灰色的，天接著海，海接著沙灘，都是一片灰色。除了海嘯及風呼呼地，偶爾，幾聲海鷗啼叫，顯示出這海灘的神祕感。

「風刮到臉會疼。」貞婉說著，把圍巾纏在臉部，僅留下眼睛部分。

「海風帶著砂粒。」我的眼鏡片上的細砂，已模糊了視線。

「要是天氣好，多好，可以看一片藍色的重疊，天際、遠洋、近海、沙灘。」貞婉作一番假設。

「灰色朦朧的海，另有一種景象。」我指著要貞婉看，那兒是沙灘，那兒是海，那兒是天空。

海風刮著，使人難以消受。我們在一堵石圍牆下坐下來，避一避這強烈的海風。把關達博士為我們準備的三明治、水果取出來吃。

從那小道路上，有一位老太太和一個女孩走過來，看樣子是從街上買東西回來，老太太看到我們，極為驚訝地。

「你們是迷路，還是找人？」老太太停住腳，問我們。

「我們不是迷路，也不是找人。是來觀光的。」貞婉說。

「哦，觀光？」老太太感到意外。

「是呀，看海來的。」貞婉說。

「這裡一片灰色的海灘，有什麼好看。」老太太奇怪地問，眼光直視我們。

「不錯，好風光。」貞婉讚美。

「從我活到六七十歲，就沒有聽人說過這裡好風光。」老太太格格地笑起來。「快點回去吧，沒有人會喜歡站在這兒吹風的，除非神經病。」

「再十分鐘，在那裡有班車過，可搭去尼司。」女孩告訴我們乘車的地方。

我們只好離開這灰色的海灘。向這兩位好心人說一聲：「謝謝，謝謝。」

「我們不去尼司，要走艾沙克村。」貞婉說。

「艾沙克村是在山上，沒有車上去。」老太太想了一會兒，「要走好遠的路。」

「是。」我們去等三點鐘關達開車來接。

——七十一年九月九日《中央日報》

維多利亞時代的房子

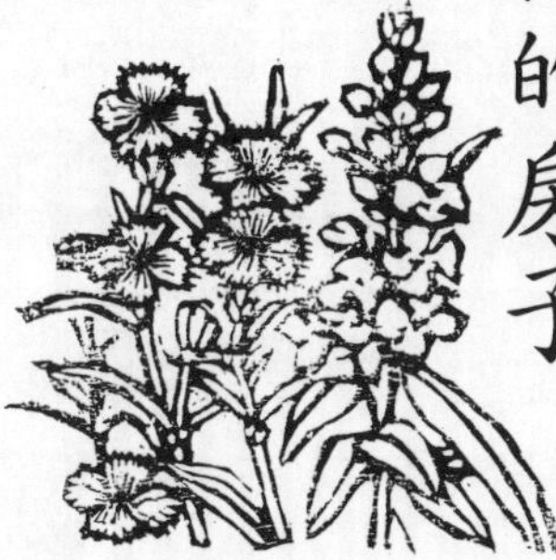

在瑪麗安安排下，來到了康伯蘭的甘達爾，住在她父母親家。今天由她導遊英國國家公園：湖區，兌現了十年前她答應我的諾言。

車子離開家不到十分鐘，進入了國家公園區域範圍，一切景色不再是大草原，而是古老的樹林與明媚的碧水，非常美麗。從湖區地圖看，有像日月潭大小的湖三十多處，真不愧是世界聞名的風景區。

自進入國家公園境內，除了道路外，一切都盡量保持大自然原貌，道路旁的矮圍牆，全用大小石塊砌疊而成，小街道及房屋，不得添建或改建，一律保持著維多利亞時代的古樣子，保存原有景觀。房舍用木造的，灰暗色調，石瓦，房屋都不超過三層，用白灰粉刷，木板部份漆黑，有的把屋頂石瓦漆為紅色，還不算難看。這些房子都是賣紀念品或是飲食商店。

在湖區找不到大型的觀光飯店，旅客住宿怎麼辦？在道路旁邊，隨時可看到許多小屋掛牌經營旅行業，如一幢房屋，有六間房子，自家人住三間房，尚餘下三間房，即可供旅客一家人或兩家人租用，並供餐食。來往的旅客像是回到自己家一樣的親切感。

也許是我們出發早了些，湖面上一片濛濛薄霧，停在岸邊的小舟及汽艇，安詳地休息著，瑪麗安把車開得特別慢，前面一陣黑頭綿羊從那矮石牆出來，穿過道路走向山坡草坪，牠們不慌不忙地走著，我伸手出車窗，去撫摸羊身上的長而柔細的毛，牠不害怕，不緊張，依然跟著大伙兒走著。

秋天了，樹林間顏色逐漸染黃與赤，偶爾一片紅葉隨風飄落，青青草原上點點紅黃。湖面的薄霧慢慢上昇，三兩水鳥喚醒了睡意濃郁的湖。兩位男孩，把小舟盪出去，把竹竿上的釣餌投入水中，小心地等候著收穫了。車子停在林間停車場，我們三人坐在樹下青草地，欣賞那湖面及遠山景色。草地之綠，松樹之青，水之藍，無限的美，帶給我們無限的喜樂。忽然一隻汽艇劃過，一道水波，盪漾了樹的倒影。瑪麗安的話題是小孩時候如何跑來這一帶玩，發生過怎樣的事，吱吱呱呱地，很少有間斷過。這景色喚回了記憶，兒時的事，歷歷如繪，而景色依舊，人事不同。那時候邀伴同遊的情形與今天我們同遊不會是一樣吧。瑪麗安走過歐洲、非洲、亞洲許多國家，看過不少景色，沒有一個地方可以與湖區比美。難怪，前幾年她與路易士教授來臺灣時，我們邀他們同遊日月潭，路易士教授滿口稱讚，而她卻點頭不語。今天，我才知道，日月潭與湖區不能比，那是小巫見大巫，不能相提並論。湖區面積有八百七十平方哩，大湖十六處，潭池無數。

太陽遲遲地露面，撒下金色光芒，湖面閃閃發亮。那些小舟張起了各種顏色的帆，隨風疾行，使靜寂的湖活動了起來。

又走過了一程，我們停下來，在一家庭式餐旅館用餐，在餐室靠窗的座位，可以望見湖面。我們要了些炸雞、三明治、玉米濃湯。主人的女孩在客廳彈鋼琴，特地為我們演奏了一曲，貞婉讚美她的琴藝，送她一件小禮物：宮燈。她好樂，再三來道謝，並送上一盤水果：梨。

我實在佩服他們的這幢古屋，能保持得這麼好，乾乾淨淨地，使我們不會感到這幢房子太古老。

主人說這湖裡的魚，肥大鮮美，要我們去釣魚。

「瑪麗安，你釣過魚嗎？」貞婉問。

「沒有耐心，爸爸釣過魚。家裡有釣魚器具，你們有興趣，明天帶來。」瑪麗安說。

「假如你們晚上住這裡的話，釣魚器具可以借給你們。」主人在拉生意。

「不行，晚上我們還有節目哩。」瑪麗安說，「希望下次來能夠住這裡，也可以去釣魚。」

——七十二年三月《中央日報》

秋郊

再度去牛津，是應英國當代小說家韋英之邀而去的。前幾天去莎翁故居，順途遊覽一下牛津，在牛津學府逗留了半天時間。那時韋英去渡假，他極愛去湖濱小住，划獨木舟。當我們回到倫敦的夜晚，接到威爾斯大學瑪麗安小姐的電話，說韋英昨天回來，邀我們於後天去他家，他要在家後園請我們午餐。

應邀而去，由瑪麗安小姐開車，從威爾斯卡迪夫到牛津，足足四小時。在韋英家僅有兩三小時，還要趕回卡迪夫，趕去看國家歌劇院八時的歌劇。

在回程，我們走不同路線。去時大半走高速公路，回程走小路，可以看許多景色幽美的村落，比如那山坡上的一幢小屋，或是幾棵比較奇特的大樹，都會引發我的興趣的。

英國人崇尚自然，但是對園庭的設計，花園的整理，有一套本領，不亞於荷蘭人的。瑪麗安小姐停車加油，我與貞婉在叢林走動走動，車坐久了，動動筋骨比較舒暢些。一叢林的幾棵大樹，都掉光了葉子，有幾棵不掉葉的樹，已成為紅褐色，也極美觀。地是平的，而且非常乾淨，樹林下的幾畦黃水仙，都開了花，長得整整齊齊。

「我喜歡這落了葉的叢林，多好。」貞婉高興地走進叢林，我跟了進去，抬頭望上去，滿是枝椏在天空那暈紅的晚霞中搖曳著，群鴉陣陣，象徵著這落葉大樹，並不枯老，在凜寒中奮鬥著，而希望春天來時，披上一襲嫩綠衣裳，表現得樂觀。

對高大的樹，我除了喜愛古松之外，從未讚美過其他的樹。今天，在這不知名的大樹下，雖然落了葉，這些枝椏之間，我看出了這大樹的美，絕不亞於老松的。

瑪麗安小姐的車加好了油，開到叢林旁，取了一瓶葡萄酒來，要我們喝一杯，暖暖身子。

「瑪麗安，你知道這樹的名稱嗎？」我問。

「對不起，我知道一些花的名稱要比知道樹的名稱多。我不知它叫什麼樹的。」瑪麗安作一個無奈何的手勢。

天空的暈紅色逐漸變為黃色。歸雀宿在枝椏上，吱吱喳喳地。

「這裡到卡迪夫只要四十分鐘。我們在威爾斯大學餐廳晚餐，七時半去歌劇院。」瑪麗安小姐極會安排時間。

我們只好上車。

「叢林再見吧，下次我來，希望能看到你的新綠容貌。」我把手從車窗伸出去，擺動著。

——七十一年八月二十五日《中央日報》。

大笨鐘

在歷史博物館國家畫廊展出「歐遊小集」的第一天，有一位觀眾問我，為什麼這幅《大笨鐘》標題為「倫敦」。我的回答：它可以代表倫敦。

又一位觀眾說：為什麼不以「倫敦橋」，或是「大英博物館」代表「倫敦」呢？

我說，倫敦橋僅能代表這座橋樑。大英博物館只能代表這幢博物館。不能代表倫敦。英國人把這座「大笨鐘」代表倫敦的理由是：鐘塔最高，遠遠就能望見。鐘塔地區是大英帝國國會大廈，上議院與下議院都在此地，還有西敏宮及西敏寺等重要機構。

十年前，貞婉在倫敦大學研讀時，她給我信說：最怕聽到大笨鐘叮噹響的報時音樂，使她這一天安排的課業之緊張，大笨鐘每小時報時一次，光陰也就在報時音樂中度過。要是有一天，大笨鐘不擺動了，時間也停留不走了，報時音樂不響了，人也不會老，那多好呀。

現在臺灣各地也裝有鐘錶計時，每小時也叮噹響起來，讓人們可以對準時間，工作時可以把握時間，大家自強不息為復國建國而努力。的確是一件有益的事情。

這一次，我們到了倫敦，貞婉遠遠就指著大笨鐘的塔尖說：「這是倫敦了。」

又見倫敦，一切可好，大笨鐘還是屹立不動，還是那麼忠實地把時間報給倫敦的人們。

我們去到國會大廈，貞婉要為我與大笨鐘拍照，我不肯，站在這一帶拍照，會把自己變為渺小。不肯，不肯，堅決不拍照。

「在巴黎時，你不是與鐵塔拍過照嗎？可以說你已到巴黎過。現在與大笨鐘拍照，可以說你已到過倫敦了。」貞婉硬要我與鐘塔拍照，以作留念。

照片沖洗出來，我用放大鏡找了許久，終於讓我找到了我的影子，好可憐的，那麼小的一點點。看過這照片的人，都說大笨鐘、國會大廈多美、多宏偉，不會有人發現到還有我的存在，實在太渺小了。

大笨鐘又叮噹地響起來了，告訴我們已經晚上八時了，快點回去吧，何麗雅還在等候我們回去晚餐哩。

再會吧，大笨鐘。

——七十年六月《中國時報》

莎翁故居

莎士比亞故鄉斯特拉佛鎮，位在愛凡河上游，倫敦西北部，乘火車約兩小時可達，可是我們乘的大型巴士開了三小時才到。經過幾個美麗的村莊、綠草原及小山坡，使我體會到大英帝國的美境，難怪他們文學淵源由環境滋生，是那麼的博厚，那麼的深邃。

我們先是在市區外一哩的地方，莎士比亞太太安・哈莎威的娘家，一幢伊莉莎白式的房舍，茅草屋頂。在這裡由一位當地導遊介紹，這位年輕導遊能言善道，簡略介紹了房子的構造、當時這一家人的生活情形後，接著在起居室壁爐旁的一隻板凳雙人座位上大做文章，說莎士比亞在這座位上向大他八歲的安・哈莎威小姐求婚，而成眷屬。後人有在熱戀中的情人，女方比男方歲數大的，遭受折磨而有問題的，在此板凳位子靜坐片刻，默禱莎翁保佑，當即能夠成功等等的話，說了一大篇。

房子全用木造，部分牆是用磚塊石灰，仍然保留木材外露。每一房間都不大，可知那時候的人都很簡樸。房屋外面，小花園整理得很好，綠綠的草地，花叢中紅黃小花開滿枝頭。

在此停留半小時之後，巴士開進市區亨利街，到莎士比亞出生地方停下來。莎士比亞祖父業農，父親改行從商，以後被選為市議員，莎士比亞的母親，是貴族家庭之後代。莎氏排行第三，兩兄均夭折。他生於一五六四年四月，死於一六一六年四月，其八個兄弟姊妹，男女各半，只有老五活到七十七歲，莎氏活到五十二歲，算是比較長壽的了。關於莎氏家境情況很少有文字記載。

斯特拉佛鎮在十六世紀中葉僅有一萬五千居民，莎氏房子是都德朝伊莉莎白時代建造，二層樓房，裡面除了一些舊有家具外，沒有任何文物，據說這房子曾一度賣給一家屠宰戶，一直到十八世紀才由市公所買回來，恢復莎氏居住時的原貌。在右側一幢新型建築物，是莎士比亞紀念館，正面紅磚牆的浮雕，銅刻的抽象作品，我看了許久，仍然看不出這浮雕的圖意來。這幢紀念館的建築，顯然是二十世紀的產物，進入觀覽還要買票，是來這裡第三次購票入場的，進門的落地黑玻璃上，刻著莎翁戲劇裡的人物，全身雕像，新穎動人。我對這些玻璃雕像呆望了許久，想起了十年前貞婉來過這裡，寄給我一套玻璃浮雕卡片，我好喜歡那卡片上的黑底銀白線條及影像，留給我極深的印象。如今我面對這些人物雕像，感到無限喜悅。玻璃雕像有人一樣高，雖然是戲裡角色，但其個性與服飾都能充份地表現出來。貞婉對莎翁作品，比我熟悉，她為我解說這，叫什麼名字，在莎翁那部戲的主角，以及戲裡的下場，作一番詳細的說明。管理員走過來，告訴我們這些作品是出於一位當代青年玻璃雕刻家之手，這青年是英國人，在威尼斯學習水晶玻璃雕刻多年，這是他回國後的第一個作品。

正廳一座莎翁立像，有八尺之高的銅像，兩邊櫥窗裡陳列莎翁作品初版書籍，靠窗前邊一列櫥窗陳列莎翁手稿及莎翁生前用過的一些小物件，與死後發行的紀念錢幣。另一間為莎翁圖書室，對面有一教室樣子，據說是供作學術演講之用，有舒適的座位，並播送悅耳音樂。後面有音樂廳，但平常不開放。

——七十年三月二十三日《中國時報》

莎翁太太的娘家

威爾斯綿羊

威爾斯到處可看到那青青綠草地，點點白綿羊，我想，要是我是牧羊人，伴著這可愛的羊，而在這青青草原中，也很不錯呀。

英國友人路易士教授，他學教育，卻愛好藝術與詩，一向以威爾斯草原自豪。我在英國一週之後，他方從羅德西亞渡假回來，當他接到電話時，高興地說：「來吧，到這兒來，明天就來，在我的山中白屋小住幾天。你會看到天下最美的景色。」

路易士教授指定我們乘上午十時卡迪夫火車，十一時五十分可到尼司站下車，他來車站接我們。

應約而到尼司，路易士教授迎上來，他身著紅色藝術家便裝，滿臉笑容，知道他近年來很得意，看來，比前年見到時要年輕些。他為我們介紹關達博士，由關達開車去他深山中的白屋。

在途中，到過克蘭代羅鎮，然後方到艾沙克村。車子疾走山坡綠草原道路上。

「其茂，你看到的，這一大片綠色世界，是上帝最得意的傑作。」路易士教授指著車子窗外的景色，就是他在電話中說的「天下最美」，非常得意。

我記得鄧禹平的兩句詩：「用藍天寫上星星，用草原寫上羊群。」像這一片青草地，有了羊群就活潑，就有生意。有這麼美麗的草原，也就有可愛的威爾斯綿羊了，一隻隻白白胖胖，黑頭的，也有白頭的。

到了白屋，我們把行李安頓好，路易士教授在白屋後院，（一片青草地，沒有圍牆，一片綠色直至山坡，）安排了幾隻籐椅子，小茶几，可以安詳地躺在椅子上，讓柔和的夕陽照在身上。關達進廚房準備晚餐，路易士教授端出最好的紅葡萄酒，供作飲料。他與貞婉談起買下這一片地及白屋的經過。我卻逗著一隻不怕生人的白頭羊玩。牠離群而走到我這裡，我採了幾根草餵牠，讓牠在我手中吃掉青草。路易士教授說牠常常獨自來此，吃掉他後院的花。憑這樣，我作第一幅綿羊。

以春天，花園中進了一隻綿羊，聞著花香。背景是山坡上一群黑頭羊。

第二幅綿羊，仍然取材在這裡，以夏季時節，一群綿羊從山上走回來，幾乎沒有看到有人在管牠們。路易士教授說，此地幾家牧場的主人，總記不得他家羊隻數目，牠們自然繁殖。

已經下午八時了，山頭上仍然可見夕照。路易士教授引導我們進餐廳，享受一頓關達做的「羊肉大餐」。

「這是威爾斯的羊，這裡青青草原，養育出來的綿羊。」路易士教授嚼著羊肉，喝著老酒，洋洋得意地說。

關達的烹飪術高明，羊肉烤得很好，又嫩又香，沒有腥味，非常可口。

第二天，路易士教授還是領我們去看青山綠草原，繞過一座山又一座山，訪過兩家牧場。車子開在青山途中，看那羊群，一隻隻都在專心地吃草。

「羊兒實在太傻了，拚命地吃草，快快地長大，好讓人宰了吃。」貞婉想起了昨晚的羊肉大餐。看這些羊兒吃草，長大。「要是我是羊兒，我就不吃草，也不長大，就免被宰。」

我看有一隻小羊，身子瘦小，躺著，瞪眼望天上雲彩。不像其他羊隻一樣忙碌著吃草。

「你看，那一隻像你想做的羊，牠怕長大而不肯吃草，一隻瘦小的羊。」我開玩笑地說。

「是呀，那是隻聰明的小羊兒。」

因此，我作第三幅綿羊。秋天，羊群回到家，一隻隻懶懶地，不知在想些什麼，或想做些什麼……。

接著，我著手製作第四幅綿羊，以一處落了葉的林為背景，石橋，小溪流，綠草原已漸趨青黃，羊群有二，一群通過石橋，另一群在林邊草地上。

四幅綿羊完成之後，很快地裝了框。每每有朋友來訪，我就展示這些作品。除了這四個以綿羊為主題的作品之外，尚有許多作品有綿羊出現，如《青青草原》、《深秋》、《黃昏》、《冬之林》等。

——六十九年十二月《臺灣時報》

再生林之夢

到了阿姆斯特丹，受到經營富貴餐廳的嚴太太招待，她在林布蘭特廣場邊的一家飯店，為我們訂了一間豪華的房間，距離富貴餐廳很近，要我們每天到餐廳來用餐。嚴太太是貞婉的朋友，二十年前與嚴先生來荷蘭，在此開設中國餐館，不幸嚴先生病逝，餐館由嚴太太親自經營，生意不錯，經常高朋滿座。

在林布蘭特廣場，及靠河流岸邊，種植白楊樹，樹幹直又高，銅板大的葉子，綠油油地，在陽光下，微風盪漾而閃閃發光，靜的美中也有動的美。

我常常望著那各式各樣的荷蘭建築物、白楊樹、天空白雲及湛藍的海，所構成的荷蘭美的畫面。

去過一趟海牙之後，又去鹿特丹，往訪那裡的國家美術館，必須兩天時間逗留。因此，我們從市區走到一條沿著河流的街道，找到一家飯店住下來，從房間窗口望去，看到河邊的一片白楊林。

河流中，有三五處木製小屋在水面上，是給海鷗住的，我們可以看到藍藍河水，青色草地及那綠油油的白楊樹林之間，綴著白點點的海鷗。

從小，我就喜愛樹林，現在身處在這美麗景色之間，真是高興極了。

早晨，我仍然是早起習慣，叫貞婉起床，走到國家美術館，要等到九時才開門，到對面大教堂看看，要到十時才開門，我們只好在美術館旁邊的花園走走，越走越遠，走出了花園外，好在那高聳的美術館塔尖，不會使我們迷失的，準在開門時走回來。

跟著一位趕一群羊的人走向一處林地，那是禿頭的樹林，樹幹長到一丈多高就砍斷了，大概是冬季結的疤，春天，又在疤間長出條條的樹枝，有如怒髮衝冠地站立著。記得十幾年前，翻閱梵谷的畫冊，看到這種畫面，心裡懷疑著，為什麼要砍斷它，是怕長得太高嗎？我實在不懂。如今，這一處禿林出現在我的眼前。這樹木，是什麼樹，該不會是白楊吧，去問那牧羊人，他聽不懂我的話，我也聽不懂他的話，牧羊人把羊群趕到這裡就獨自離去，羊兒各自吃草，這一片青草地，是牠們每天生活的地方。

我伸手摸摸那樹幹，並不粗糙，抬頭望望那再生的枝條，它不像是怒髮衝冠的容貌，而是伸出隻隻小手，歡欣地舞動著，高呼著，慶幸地互相祝賀再生之喜，不久的將來，這裡也將是綠油油的樹林。

貞婉與我，默默無語，在林下躺在茸茸的草地上，望著那枝條交錯間的藍天白雲，沒有海鷗叫，也不見飛鳥，迴旋在腦際的是夢。

夢境中，自由地展開翅膀，翱翔在這沒有葉子的林間。

——七十年八月《中國時報》

可愛的水鳥

在海濱散步的時候，除了觀看海濤，聽海嘯之外，就是欣賞水上鳥群的活動。在英國水上小鳥種類很多，據路易士教授說，翱翔在水上覓食小魚的鳥類有三十餘種，清晨或黃昏均可看到。

繁殖在森林的鳥類比生存在海上的鳥類，飛翔的耐力強，一隻翱翔在高空的鷹鷲比一隻飄逸在海上的白鷗要強多了。

貞婉不喜歡那呱呱鳴叫的海鷗，而喜歡那巧小美麗的水鳥，一群群在沙灘上、岩石上，吱吱喳喳地尋找食物。

在歐洲幾個國家，保護鳥類工作做得很好，極少有人殘害鳥類的，鳥類也無須害怕人類。在幾處風景區，遊客一到，許多鴿子麻雀就來覓食，義大利米蘭主教座堂大廣場，我曾花錢買一袋碎玉米餵鴿子。遊客們以餵鴿子娛樂，那裡有多少人靠賣鳥食料而生活的。最使人感到不悅的是鴿子在銅像頂拉糞便，使整座藝術品髒兮兮地，好在當地清潔處每雙週即清除一次，不然，藝術品就會變了形。

住義大利三十年的王神父，陪同我們去米蘭，在大教堂廣場看我餵鴿子玩，鴿子在他身上拉糞便，一位義大利人，拿了毛巾為他擦西裝上的糞便。過後，發現西裝口袋的皮夾被偷了，內有美金四百元。

還是瑞士河邊的天鵝好，悠悠然，遊客跟前，不索取食物，也不害怕。

「英國海邊小鳥，也不向人索取食物呀。」貞婉說。

去海邊看水鳥，也是一件樂事。路易士教授想尋覓詩的靈感，我與貞婉想欣賞水鳥活動，關達博士只好開車送我們去海邊。海灘是多，可是還得有岩石的地方，找了許久，才看到一處石岩，好像是極少人來到的地方。一群水鳥，土黃色的頭及爪子，背與翅膀是青綠色的，體形與色澤都很美。我們為牠們拍照，牠並不害怕，當我伸手去抓牠的時候，牠就飛跑了。我的視線跟著牠，看牠飛到那裡去，牠很聰明，飛到離我們五公尺遠的一塊自水中豎起的岩石上，四面都是水，我無法去抓牠。水鳥頭向著我，吱吱地叫兩聲，好像說：「來吧，我在這兒呢！」我揮動手趕牠，牠不怕，知道這是安全地帶。

貞婉為牠拍了照片，路易士教授有了寫詩的材料，我有了作畫的題材。

畫作成之後，第一次展出是在歷史博物館國家畫廊，我的「歐遊小集展」。鄭善禧兄去臺南，未能來參加畫展開幕式，由鄭太太帶小女孩愷平來，小愷平極喜愛這幅《水鳥》，臨走的時候，留給我一張善禧兄的名片，背後寫著：

「祝陳伯伯畫展成功，我好喜愛那幅《水鳥》。您家有我爸的畫，而我家沒有您的畫，可以送我們這幅《水鳥》嗎？小愷平上。」

小愷平自幼聰敏，在家善禧兄培育她對繪畫之愛好，四歲能畫小女孩。今年已小學四年級了。畫作也跟著進步。今天，她在「歐遊小集展」的六十四個作品，選擇要《水鳥》而使我感到意外。因為從來沒看到她畫鳥類過。

「小愷平，你怎麼會喜歡《水鳥》呢？你看過水鳥嗎？」我問她。

「……」小愷平臉紅了，不敢作答。

母親總是小孩的代言人，鄭太太說：

「她說過，那水鳥像是要向她飛過來的樣子。所以她喜歡牠。」

「好，我會把《水鳥》送給你的。」我慷慨地說。

「謝謝陳伯伯。」小愷平高興地說，高興地離去會場。

今年十月，省展評審會議，我遇見善禧兄。

「善禧兄，這裡結束之後，請到我家來，把小愷平要的畫取回去。」我說。

「別聽小孩胡說。我要你的畫，我自己會去你家取。」善禧兄說。

「我答應小愷平送她《水鳥》，不能失信。」我不喜歡欺騙小孩。

「那好，請你自己送去吧，我不去取。」

善禧兄不去取畫，是否他不讓小愷平畫畫了。

「小愷平功課還好嗎?」我轉變話題。

「還不錯,中上。」

「她近來對鳥類有興趣?」

「小孩,接近那種動物,就愛那種動物。因為家裡最近養了一對文鳥。是一個學生送的。」

原來是這樣。《水鳥圖》決送給小愷平一幅,我要親自送去。

——七十二年二月《中央日報》

翡冷翠

車子進入佛羅倫斯，第一個映入眼裡的是主教座堂的大圓頂及市政廳的高聳塔尖，使人興奮。這裡是義大利文藝復興的基地，有光榮的歷史，也是藝術的寶藏。

我不是學建築的，但對於佛羅倫斯的建築極有興趣，每每對一座建築物、一座雕像、一幅名畫都極有耐心地欣賞。因為限於時間，而無法作仔細觀賞。所以，每次若有機會去歐洲，第一站必是義大利，不會忘記去佛羅倫斯的。

佛羅倫斯建築的特色是用石塊砌起來的大廈，高聳的塔尖，整齊的百葉窗。大教堂的建築就不同了，佛羅倫斯以主教座堂為中心，花了兩百餘年工夫建起來的教堂，是藝術的結晶，單憑那門上的銅雕聖經故事，足夠你端詳些時日了。其次，宏偉的市政廳是代表佛羅倫斯的建築，也代表了佛羅倫斯的精神。

我們住的飯店就在市政廳附近，站在房間窗口，可看到那高聳塔尖，聽到塔尖時鐘報時聲響。想想在義大利的這些日子，除羅馬外，去過比薩、威尼斯、米蘭、拿波里、索連多等地方，佛羅倫斯的建築最為突出。

「上次你歐洲之行，曾告訴王家煜說，你最喜愛的地方是翡冷翠。所以這一次再來，安排了在這裡住四五天，不至於太匆促吧？」貞婉盡可能多排些時間在這裡。

「還是不夠呀，我們的確抽不出時間了。」我說，希望以後會再來的。

貞婉從櫃臺取來一張簡介圖，有三十六家公私立美術館、博物館，四五天時間是無法都去，留一些下次來。我們去過的地方，在圖上畫個圈，去的，不到半數，「再來」誘惑力仍然很大。

我們在藝術學院及烏非茲美術館耽擱時間太多了，還要看幾座出名的教堂。在聖母堂前側的但丁雕像，貞婉說：「上次的幻燈片，看到你在但丁銅像下照過。」

「這座銅像巨大，人站在底下拍照，顯得格外渺小了。」我說。

「當然是這樣，小藝術家那能與大詩人相比呢？」

聖母堂內兩旁地下，盡是些大師及大名家的墳墓，壁間有死者的浮雕像。

米開朗基羅的作品在佛羅倫斯很多，在藝術學院幾座巨大的雕像，人從石間顯露的。有他年青作品《大衛像》，也有他晚年作品《悲痛的聖母像》。這裡確實看出米氏一生才華顯露的過程。

佛羅倫斯有藝術之美，也有自然景色之美，我不能不說聲：「我愛翡冷翠。」

——七十二年三月《中央日報》

黑頭綿羊

我畫過許多威爾斯綿羊，卻偏愛那黑頭黑腳的白綿羊。這些綿羊，是我到威爾斯時發現到綿羊當中還有這麼奇怪的樣子，正面看去，一個白圓形之中一小三角形黑頭顱，兩根小黑腳支著。側面看，一塊白色長方形，上角一小黑頭顱，兩根小黑腳支著。黑頭綿羊是這樣的形象。

如果把一群白綿羊與一群黑頭羊混在一道，趕上青青草地吃草，過後不久，自然地黑頭綿羊與黑頭綿羊走在一起，白綿羊與白綿羊走在一起。

「黑頭綿羊是一種變種綿羊，與一般綿羊一樣，綿毛，羊肉與羊乳都相似，沒有多大區別。」路易士教授說。

「我好喜歡牠的樣子，怪得很美，像玩具羊。」我實在喜歡這奇怪的綿羊。

「威爾斯市面出售的黑頭綿羊形玩具，也就代表了這當地的產物。」路易士教授說。

「昨天，我在街上一家禮品店看到了，標價太高，一隻要八鎊到十鎊，大小不一致。」貞婉說。

「牠是用一塊黑頭綿羊的皮毛縫製而成的，然後加上生角形小黑頭，及裝有銅線的四隻黑腳，支著這白綿毛的身子。」路易士教授說著，「如果牠可用尼隆線來製作，那可便宜多了。」

我在卡迪夫雪爾曼藝教中心畫展，預展酒會，雪爾曼主任為我邀請了許多藝術愛好人士來參加。這時候，倫敦自由中國中心夏主任，在倫敦大學就讀的張小姐，貞婉與瑪麗安小姐都在會場幫我招待與說明，英國人看畫至為仔細，有些疑問即發問，正在忙碌中，有一位女孩為我奉上一份禮物。關達博士要我當場打開匣子，看看是什麼東西，也好讓記者們拍張照。

我解開綁在匣子上的絲帶，小心地拿下匣子上的絲帶花，打開匣子，取出了一隻黑頭綿羊模型。

「呀！好可愛的黑頭綿羊。謝謝你。」我與女孩握手道謝。

「我是威爾斯人，送您一隻威爾斯黑頭羊，希望您會喜歡牠。」女孩誠懇地說。

「我很喜歡牠。再次謝謝你。」

酒會完了後，回到瑪麗安住所，我把這黑頭羊仔細地端詳一番，真的像路易士教授說的，用一塊綿羊皮毛縫製，頭與腳用黑色絨布縫製，白眼睛、白嘴，很可愛。拿在手上，軟柔柔的，可以暖手。我想起了何麗雅，在蘇格蘭買了兩張的整綿羊帶毛的皮，天冷時，墊在椅子上，或放置在地毯上，確有暖身作用。

回國後，我把這小黑頭羊，安置在電視機上，貞婉的陶藝作品群中，瓶罐之間出現了一隻小黑頭綿羊，使這些硬化作品添上了一軟性的，靜寂中活潑起來。

朋友們來家裡，欣賞了貞婉陶藝時，也順便看一下這黑頭綿羊，總算沒有冷落了牠。

——七十二年三月《中央日報》

森林之夜

這是我在「歐遊小集」系列裡唯一的一幅神話故事的畫。也是我首次以神話題材做的畫。到了雅典的時候，站在愛琴海畔，望著海，或是望著山，腦子裡免不了想起了希臘神話故事，好像是到了雅典就進入神話國度裡，譬如說，看到森林，自然地連想到潘恩及諸女神在森林中狂舞……

希臘神話我知道的不多，由於貞婉是研究歐洲文學的，這一類的書籍我家書房內是有的。美術與文學相關，就歐洲最早期藝術作品，多用神話為題材。所以，我不能不讀些有關神話文學的書。

經常出現在雅典森林之間水神土神的山川草木精靈，男的有潘恩、薩提羅斯、西勒尼等。女神有寧夫、歐麗雅杜、茲麗雅杜、麥娜杜等。

潘恩是山林神兼水神，在希臘神話中極有分量的，祂是天使漢密斯的兒子。當時漢密斯給杜略斯牧羊時，和杜略斯的女兒相戀而生下祂。潘恩繼承了父親漢密斯的神性，也具有山羊性格，長著山羊腿和鬍鬚，居住在山谷裡的岩洞內，經常出沒在林間，和薩提羅斯追逐森林仙女嬉戲，祂們一邊吹笛一邊跳舞。

據說到山林旅遊的人，都得祈求潘恩保佑。旅遊的人一旦聽到山谷傳出山音，都會感到十分恐懼，認為是潘恩的惡作劇，趕快下跪禱告，以求平安。神話記載：波斯軍遠征希臘時，在馬拉松聞山音大起而恐懼，個個四肢無力，讓希臘軍打得大敗。後人傳說是潘恩顯靈援助，才能獲得勝仗。潘恩是酒神戴奧尼索斯的從屬神。

另一山林神薩提羅斯，也是上半身是人形，下半身是山羊，長著鹿耳朵和鹿尾巴，喜歡喝酒，野性很大，因此被認為是酒神戴奧尼索斯的從屬神，其實是單純粗野地過著山林生活人們的神格化。

畫面我描寫小溪流邊的叢林，叢林內的岩石，山洞為背景。午夜，潘恩摘下許多花朵給茲麗雅杜，編串成花冠，祂們相愛著，林間小鳥，吱吱喳喳地歡舞著，岩石後一群仙女也在歡樂地跳舞。

森林之美，花開遍野，鳥雀的歡悅聲唱，山神的歡樂，這麼有羅曼蒂克的森林之夜，還怕潘恩會出現傷害人嗎！

——七十三年三月《中央日報》

期待

去義大利南方，目的地在卡卜里島。順途在拿波里參觀雕塑博物館，龐貝憑弔火山洗劫後的古城，暢遊索連多海濱沙灘，探訪卡卜里島的藍洞。

我們在索連多一家豪華大飯店住了五天。地中海岸這一帶都是大飯店，來往這裡的人都是各國觀光客及義大利鄰國來渡假的人。所以在飯店的休息廳及餐廳，可遇見許多不同國籍的人，從皮膚顏色與衣著，可以猜到他們自那裡來的。

休息廳很大，古拙的大型沙發，三五一組，有十組之多，供來自不同的旅客休憩與交談的地方。休息廳接著一演奏室，有數十個座位圍著一架鋼琴，晚間有人在彈唱，聽者賞些錢給演唱者。從此直走，通大餐廳。餐廳的大玻璃窗可望海灘及遠洋。餐廳的右角有一電梯，可以直下到海灘。

飯店的右側，數百坪大花園，設有游泳池、露天咖啡座、搖盪座椅等等。我最喜歡這園內的幾棵老松及青草地上花棚架上的紫、紅、朱及黃色花簇的九重葛，臨風搖曳著。

我與貞婉是七時進餐廳早餐，八時外出。下午六時回來，洗個澡，換上整齊的服裝才能進餐廳晚餐。貞婉總喜歡在那靠北窗的座位，可以望那沙灘上的各色陽傘下的各種在游泳或在海濱消暑的人。雖然是下午七時，這裡的陽光仍然照著，再過些時候，海面夕照，水紋成為一大片金色，更美。我愛那東邊的屏山，像一巨大的海岸，靠海末端那座古堡式的樓房，誰是這麼幸運，享有大自然的美景。

義大利人說：「索連多是天上掉下來的一塊樂園。」我們的小型客車沿著紅海岸的小路行走，繞了一大圈，證實了索連多及卡卜里島美好景色，確是人間樂園。

一天清早，餐廳剛開門，我們就進去早餐。望出窗外，一幅極美的畫面：在沙灘的一隅，一群水鳥，站在木頭圍欄上，像是在期待著什麼似的，耐心地，安詳地等待著。背景是一片海，一片連接著天空的海。我想起了宋〈閶丘次杲詞〉：

橫江一抹是平沙
沙上幾箇人家
到得人家盡處
依然水接天涯
危欄送目
翩翩去鷁
點點歸鴉
漁唱不知何處

多應只在蘆花

我不知這些水鳥的名稱，黑頭，黑翅膀，白身子。不像翱翔海面的白鷗。牠們各立在一根木頭上，久久不動，牠們期待著，期待著什麼？當然是食物，是否隨著早潮來的小魚，或是沙灘上遊客留下的殘餘食物。

「水鳥也能吃麵包及其他食物嗎？」我很懷疑。

「能，當然能。」貞婉說。

清晨沙灘是多麼寂靜，喜愛弄潮玩水的人兒，還未來臨，這群水鳥望著海，望著沙灘，聆聽海的呼嘯，等候著海潮送來的魚蝦，因此，牠們耐心地期待著。

——七十一年八月《中央日報》

坎特伯里城之一

讀過英國文學史的人，對坎特伯里城不會陌生的。十四到十五世紀之間，英國文壇先進喬叟(Chaucer)寫了一本暢銷書《坎特伯里的故事》，轟動一時。十二世紀間，多默・貝克特樞機主教，被亨利第二的手下殺害於大堂之中，消息傳來，震撼全國，教宗封貝克特樞機為聖人，一時之間各地朝聖者擁入坎特伯里。喬叟描寫自倫敦塔旁的一家塔伯特旅店，有來自各階層朝聖的人，連同喬叟有三十人之多，將出發去坎特伯里，旅店老闆為免除長途跋涉之苦，提議在途中，每人講故事消遣。本書描繪這伙人所講述之故事。

狄更斯的小說《大衛高柏菲爾》中，曾出現坎特伯里城的描繪。

由此兩位大家的小說，坎特伯里不單是大教堂成名，而在文學上具有歷史意義的。現在倫敦旅遊公司，也把此地列入導遊區，每日有萬人來此朝聚（現代的朝聖香客與古代的完全不同，僅屬於觀光而已)。

坎特伯里城在第二次世界大戰時被毀得厲害，市區尚有些未能復建，不過很乾淨，也很熱鬧。沿著大街直走，找到了大教堂。

這教堂相當大，要不是有許多觀光客蜂擁進去，要我自個兒進去，我會膽衰，堂內許多墳墓，墳上的雕像有些殘缺，雖然教堂內建築宏偉，大柱子和天花板的雕刻，雕花彩色玻璃窗，每一樣都是精巧的藝術品。許多名人的墳墓，不敢一一去細看，只去看貝克特樞機在小堂祈禱時被刺的地方，然後去看看亨利第四的墳墓，亨利與皇后合葬一起的，大理石棺上的國王與王后雕像很清楚。另一邊一座黑王子墳墓，盔甲及兵器都陳列在雕像上。

一九六二年基督堂學院成立，聖奧古斯丁學院、美術工藝學院也先後成立。一九六五年，肯特大學成立，這樣一來，坎特伯里城成為歷史和文化的重要城市了。

我們去山丘上的肯特大學及基督堂學院參觀，在這古老城鎮之中，這兩座大學的建築是最現代化的，顯然與大教堂、大修院、古城堡形成對比。

在小山丘肯特大學校園走下到基督堂學院，在基督堂教室坐下歇腳。

「這樣，一古一新，你喜歡那一類?」我問貞婉。

「當然，古的作為欣賞藝術，生活起居還是在現代的好。」

貞婉說若睡在大教堂或大修院內，會做惡夢。住在這種現代化的房舍中，一切都舒適安悅。

——七十年六月《中國時報》

坎特伯里城之二

我再度寫坎特伯里城，上次寫了一些十二世紀這古城的大教堂建築及多默・貝克特樞機主教，被他的好友亨利第二的手下殺害之後情形，及古城的文學背景。這一次，我寫些有關第二次世界大戰時炸燬的城堡復建後的街市。

因為坎特伯里城在文學上具有歷史意義的，而倫敦旅遊公司，把它列入為導遊區，每日有萬人來到這裡，一車車的觀光客在大教堂廣場下車，介紹這宏偉的大教堂。我與貞婉是自己搭乘火車前往的，自坎特伯里站下車，步行至城區，這靜寂的古城，在第二次世界大戰被燬得厲害，市區中尚有些未能復建。那古老的石塊築起的城門，樸實的市街商店，沿著市街走，即可發現到一雕塑的大碑坊，進入碑坊的一小段路程，就是宏偉的大教堂，歌德式的建築，豪華美麗，可以說是在英國極少見到這麼美的大教堂。人潮湧擠，這裡是坎特伯里城之心臟地帶。大教堂很高大，分地下層及地面，部分樓上是不開放，大多是放置經典圖書。我不喜歡英國教堂，因為有許多墳墓，裡外都有。這大教堂內有亨利第四與皇后的墳墓，黑王子墳墓上除了雕像外，尚有黑王子的盔甲及兵器都陳列在那裡。大主教及名人墳墓最多。我走在大教堂裡面，心中總是怕怕地，好不自在。

一九六二年基督堂學院成立，聖奧古斯丁學院、美術工藝學院也先後創辦。一九六五年間肯特大學成立。坎特伯里成為歷史和文化的重要城市了。

大學區設在市區旁的小山丘上，以最新型的建築，新型設計的教堂，與那古老的豪華大教堂相比，使人的感受不同。我們行走在小街上，走過古老式的修院，及華麗的大教堂，然後繞到小山丘的大學區域去，在圖書館側坐下來，總會想起從那十二世紀的城堡及古老修院，以後興建的豪華大教堂，小街上復建的樸實的商店，及後來創立的大學區，那新型建築，可以在這小城中看出英國歷來的建築歷史。

我們進入肯特大學的教堂，所謂最新型建築，連那聖堂中的聖像，都採用抽象的剪貼式壁畫。室內的五彩照明設計，座位等都非常別緻。在這兒沒有大教堂的聳高雕刻美觀的大柱子，及那彩色花玻璃大窗。沒有使人恐怖的墳墓。也沒有囂擾的煩雜聲音，而是一絲絲柔和悅耳的宗教音樂。

在這兒不必像大教堂那麼使眼睛忙碌個不暇。不必塞滿耳朵的噪雜導遊們的說明這，解釋那。

肯特大學區是英國較小的大學區，不像牛津、劍橋。它的歷史短，一切都極清新。我們走過走廊，走在校園青草地，走過開滿黃花的棚架下。心情卻十分舒暢。

——七十一年十月三月《中央日報》

町騰修院廢墟

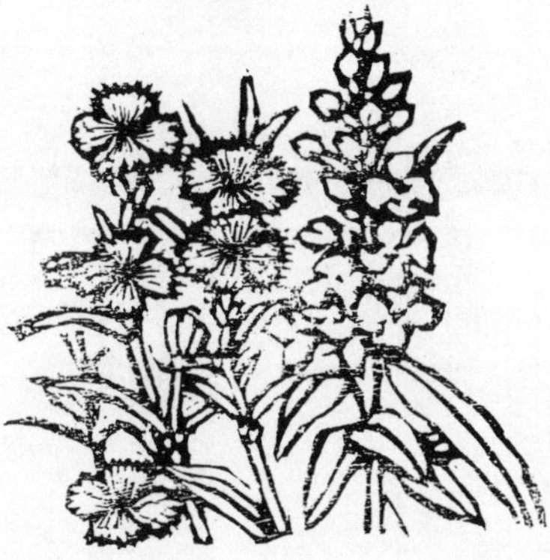

在歐洲，我喜歡看古堡，不喜歡看廢墟。可是貞婉說，町騰在英國文學史上負有名氣，所以決定去一趟町騰。

去看町騰，是瑪麗安為我們專程開車去的。

這一地帶極少人居住，景色卻是很美。修道者為了離群囂而選此地靜修，的確能專心侍奉天主。地中海一帶約在四世紀便有神修院的設立。威爾斯之有修院，在六世紀，是因為英國盎格魯撒克遜之入侵，而遲至西元五九八年才由聖奧古斯丁在坎特伯里仿義大利卡西諾山本篤會院而建立，穿玄色道袍，俗稱此派為「黑衣僧」。一〇九八年有另一派「白衣僧」與起，不問俗事，專心修道工作。

一一三一年亨利第一時，在町騰天主教蓋了這所白衣修院。神修院之建立，規模很大，除了主要的聖堂外，教堂的一邊是迴廊圍住一長方形空地，有屋頂和牆，開窗戶取光，再者便是修士們的宿舍，其內即初學生宿舍、圖書室，工作室、廚房餐廳等齊備，一二七〇年到一三〇一年擴建，在靠教室迴廊一方為讀書及抄善本書的工作室，到了十四世紀增建院長宿舍和醫務中心而完成了一大神修院之設備。

四百年來，晨昏定時拜祭天主，創立修院之神修課業。

一三四九年這一帶流行黑死病之後，院內所需俗務修士不易募集，所以白衣僧也得掌管俗務之事，漸漸地白衣僧與黑衣僧沒有什麼區別了。

亨利第八時，天主教遇難。一五三五年夏天，町騰修院之神父修士知道大勢不妙，末日將臨，一陣風暴，亨利第八下令清查修院財產，一五三六年凡收入不足二百鎊的悉被解散，町騰是其中之一，院長神父修士各自回家，修院的鐘和鉛製品，全取下來出售，銀器及金質物品編號充公。以後連一些赤銅灰鐵鏤花窗門，也被搬一空。好在這裡附近沒有城鎮，否則教堂的巨石細礫必會被搬去當民房建材。

一九〇一年，皇室向鮑富公爵買下此修院廢墟，在一九一四年撥給環境美化署保護與管理。

町騰引起了許多藝術與文學人士之重視，在十八世紀初，有山姆與拿撒鈕兄弟遍訪全國古修院而來町騰作考證工作。

一七七三年畫家保羅・桑比展出一系列威爾斯風光和中古遺跡，引起許多遊客的興趣。法國革命，浪漫時期開始，由於歌誦自然之美與懷古之情，町騰和其他廢墟受大多數人的重視。

一七八二年威廉・葛賓出版的暢銷書《與君共遊哇伊河行南威爾斯》引來許多遊客，町騰在哇伊河畔，是個重要的地方。

南威爾斯的風光美麗，尤其是哇伊河谷可與瑞士風景或萊茵河景色比美。當時有一金融鉅子亨利・侯爾爵士，他的孫子寇特・侯爾在一七九五年成為來自倫敦的少年畫家。約瑟・馬洛・特納的贊助者，出錢讓他在南威爾斯各地寫生，特納於一七九二年六月，首次到町騰畫畫，特別喜愛這裡有一股地靈之氣。一七九五到一七九八年之間，特納多次來此地作畫，完成了多幅町騰作品。

一七九八年七月間，詩人渥滋華斯和妹妹由契普司多沿哇伊河散步到町騰，走了幾天，然後由町騰搭小舟回布利斯脫；回程完成了他那有名的「町騰修院北數哩，賦詩一首」。他說：沒有像這一首詩作給予更多的快樂。

看他的片斷詩作：

這些河水琤琮
淺唱低吟流自山間泉源。
我再度看見
這些山崖陡峭崢嶸，
曠野一片，四顧無人
頓覺前無古人，後無來者。

放眼望去，地連天，茫茫蒼蒼

我再度看到

圍籬遍野——細植林木成圍牆

無垠田園，橫向門邊綠。

渥滋華斯的詩，未能化解我心中的寂寞感，我不為某些神父或修士，或這廢墟而悲傷，一種說不出的孤寂感，如同這一大片廢墟，聳立哇伊河畔的山谷中，好有耐心地，靜靜地，等候著晨霧上昇，陽光自雲層中照下來。然後，又是等候著夜霧低降，黑夜掩沒一切。

當時，此地神父修士們的晨祭及晚禱，其情景能說是一樣嗎？我茫然。

取出攝影機，我為這蒙難的修院拍照，也為瑪麗安與貞婉拍照。

町騰，留我心靈中的一幅畫，將會在我的畫展中出現的。我快樂地離開，心地裡說一聲：

「再見，町騰。」

——七十二年一月《中央日報》

水上房屋

對這一列靠地中海的水上房屋，我特別喜愛。就在義大利南方索連多，我們住的飯店右方，總有四百公尺之長，從後門看出去便是海，沒有沙灘。有時可聽到海潮的衝擊，或是海鷗的啼叫。

回想二十年前，剛遷來臺中，臺中市柳川一帶河畔小店，在水流中支起的數根木柱子，小店也是用木頭搭建，大都是做小吃生意，店面除了爐灶之外，還可安置三四張小桌，供顧客餐飲之用。靠窗可望潺潺流水，店東把些不用的東西，就往窗口丟，以致污染河水。

文霽兄在這裡寫生，以這些支支柱柱上的小木屋為主題作畫，參加藝術家俱樂部水彩展，我喜愛這個作品，有意收購。

「你要，就送給你好了。」文霽兄大方地說。

「不好意思白要。」我說。

「那好辦，拿你的作品交換，一幅水上房屋。」

「會的，我會有一幅水上房屋的畫。」

事隔久久，我沒有一幅描繪水上房屋的作品。

在索連多住的那幾天，除了忙碌著卡卜里島暢遊之外，那就是喜歡這列在水上的房屋了。我更換幾個角度，換了幾個地方，作個速寫構圖，卻無法表現那水上房屋的情趣。

貞婉說，索連多有一博物館，兩三天來都找不到。我們沿著飯店前的路走，一條彎長的路，好在兩旁有樹木，右望海灘，景色不錯，走起來不覺得遙遠疲勞。貞婉突然有所發現，一家古式雙層樓別墅前的圍牆上，一塊古銅牌上，刻著：雪萊於某年某日來訪，濟慈於某年某日來訪，歌德於某年某月來訪，蕭伯納於某年某月來訪，雨果於某年某月來訪……許多文學大家曾先後往訪這裡，這裡的主人身分可想而知。從外面望裡看，圍牆大門已開，前庭的一些高大樹木。我們走近正門，才看出來這是索連多博物館。這是一家自英國遷來的公爵，公爵喜愛文學藝術，夫人喜愛珠寶古物。定居之後，常有文學大家來訪。以後公爵死了，夫人把這幢別墅及一切產業古物捐贈給政府，改為博物館。我們購票進去，大概只有五六間展覽室，大部分是珠寶、玉器及銅器，陶瓷也佔一室，畫及雕塑作品不多，公爵雕像及夫人的美麗雕像是唯一的雕塑品，其他一些極考究的貴族使用的家具等物，如果與其他的博物館相比，這裡只能說是袖珍型的或是迷你博物館了。

後院的花園很大，樹木花卉整理得很好，我們走在這花園裡比在室內興趣濃。走到盡尾，一條地下道，我們往地下道直走，貞婉感到格外新奇，我倒十分耽心，這一條陰暗地下道，不知是通往什麼地方去。一道光照進來，不遠就是洞口了，出了洞口，就是這一列水上房屋，前走到達我們住的飯店花園，太好了，讓我們省走許多路。

「人，總要有冒險，才會有新的發現。」貞婉得意地說。

總算這一次地下道是走對了，在飯店花園的露天茶座，要了兩份咖啡，坐下來，望著這一列水上房屋，想起了文霽兄的柳川畔上的水上木屋，而這一列房屋是多麼安全，多麼舒適，卻沒有柳川水上木屋的情調。這裡可看海，聽海嘯，愛海的人，放一葉輕舟，張起帆來，任其海上遊蕩，多麼好呀。

後來才知道這一列水上房屋，是供來渡假的家人短期租用的。

——七十一年十月《中央日報》

老樹與花

在梵爾賽宮的半天參觀，腦子裡已裝滿了法國皇家的珠寶珍品與高雅用具，藝術雕塑與繪畫。走出宮門，漫步在後花園，仍然受藝術品逼得透不出氣來。

「你們才來過兩次，我與鍾皖，凡是國內朋友來巴黎，總要陪他們來此一遊。」王家煜對這座皇宮寶物，百看不厭的樣子。

「這裡，誰都會喜歡來的，但是，藝術太多了，腦子小，裝不下那麼多。」我說。

「慢慢來，每次來，裝一點點。不要貪心嘛。」王家煜像個哲學家。

「那好，今天不再看藝術品了。」我說。

「從這裡步行去森林中茅屋。是你上次來沒有去的地方。」王家煜實在是個好嚮導。

聽到森林、茅屋之類，我非常高興。可在大自然景色中，安靜些，休息著，輕鬆一下自己。

「法國尚存有茅屋嗎？」我詫異地問。

「那些茅屋比建造洋樓要都貴，外表看去是茅屋，內部卻非常豪華。是路易十六的皇后瑪莉・安冬妮建造的。」

「我沒有讀過法國歷史，這些事，好像聽貞婉談起過。」

「瑪莉・安冬妮每月必到森林茅屋住幾天，洗掉脂粉，穿上漁家女布裝，清靜地度過幾天農家生活。這都是幌子，主要的是在此與情人約會。」

王家煜談著走著，不覺得辛苦，來往森林茅屋的人很多，都是步行，因為這一帶景色幽美。

路旁均有鐵圍欄，避免遊客們走入攀折花木，但是這一段路程之間，已有兩處鐵欄被破壞，一處是在山岡上有一棵彎腰樹，畸形得可愛，樹幹彎彎著地，然後再上昇。遊客為要爬上彎腰樹上拍照，而破壞了圍欄。另一處是有一棵極古老的大樹，葉子掉落了，滿樹枝椏，而樹下的花草卻欣欣向榮，也引起了遊客們的興趣。我們從圍欄缺口走近大樹，原先我以為這棵古樹已枯死了，走近一看，所有枝椏均有小綠點，春天到來，枝頭新綠上裝。

「這棵樹的葉子跟著四季而不同，現在冬天，禿禿枝椏，春天時發出嫩葉，綠得可愛。夏天，綠葉變深而轉為紫紅，秋來，紅葉飄落。」王家煜說。

「我喜歡它光禿禿的枝椏，與地上的花朵相對比。」我說。

貞婉能說出樹的學名來，也能知道花的名稱。

「春天，葉兒從苞而發出來，像花一樣美。」羅鍾皖喜歡綠色，今天的一身綠裝，像是春天的樹。

冬天終要過去，枝頭的新綠將要伸展，別看這棵古老大樹，它仍然很健壯。

看過大樹出來，再走不遠就到了森林的茅屋。好幾幢茅屋在一塊兒，前面一大蓮花池，池中養著許多魚。

過了小拱橋，王家煜把麵包揉碎，投入池中，一群魚兒來爭食。

走過小橋，一幢茅屋，大概是看守房或傳達之用，左邊一幢外裝有水車磨坊，因為內部不開放，無法知道這房子作什麼用的。

緊接著水車坊的廚房，旁有一口井。另一幢是樓房，樓上通道橋樑式的走廊通達另一幢樓房，都種植藤花。樓上陽臺也爬滿著藤花，樓房後面有兩幢茅屋，一菜園及果園。算起來大小茅屋有九間之多，雖然叫茅屋，其實造價比磚瓦水泥造的房子要貴上十倍的。

我們坐在山坡綠草地上，欣賞安冬妮的茅草房子，而我卻喜歡那古樹與小花。我呆呆地望著那遠處古樹梢的枝椏。

——七十一年十月《中央日報》

雪山小站

在瑞士，我最大興趣是登雍富峰，一萬一千三百呎海拔的少女峰。阿爾卑斯山是歐洲的名山，長年積雪的山頂，為旅遊的人所嚮往。阿爾卑斯山三巨峰之一的雍富（少女峰）是我登上的雪峰，不是攀登，而是乘暖氣火車登上的。

大巴士只能開到雙湖區，在這裡遠望山頂積雪，漸漸山勢轉趨陡峻，氣溫轉寒。我們在這裡等候火車上山，經過海拔六七六二呎的克寧雪脊，大家下火車看雪景，火車在這裡停一小時。

這座雪山小站，是用厚厚的石塊疊建的，正門頂上像荷蘭階式建築，旁邊的二層城堡式，城堡頂設有風向指標。旅遊的人在這裡可望山峰，也可看山下，一片白皚皚地，點綴著穿紅綠衣裳的遊客，使雪山顯得活躍起來。

我們再上火車，到耶哥罔，上即斯米爾，已是海拔一〇三六八呎了，鐵軌在山洞內前進，直上最高山頂，抵達少女峰終點。出了車站，到山頂去玩雪，少女峰上的紅底白十字瑞士國旗，迎風飄揚，歡迎著一批批遠來遊客。好在我備有墨鏡，不然在這雪白的世界裡，會張不開眼睛的。眼看這一片雪白的山頂，心中有說不出的愉快，腳下群山環繞，中間有靜靜湖水，銀帶般的河道，還有那漆黑的森林，都可看得清楚。

遊客們在玩雪球，造雪人。也有人用攝影機獵取美麗的雪景。也有些人，進入那用石塊砌建的豪華酒店，吃著山頂特別名菜：鹿肉，喝著美酒，而從那大玻璃窗欣賞雪景，另有一番風味。

我站在山頂端，讓雪花飄落在身上，望著群山那雪白世界，這是我第一次處身在這個不同的地方，不同的景象。我伸伸腰，吐一口氣，無限的感慨，無限的喜悅。

——七十一年十二月《中央日報》

雪地黃昏

威爾斯冬天的確很冷，我們住路易士教授山中房子，室內有暖氣，不覺得冷，棉襖不必穿，一件厚厚的藝術家便裝就夠了。

雪不下了，那小山岡的樹，積雪已化，地上的雪仍然是一片白皚皚地。

「到山岡上去走走，下雪的黃昏是多美。」路易士教授那股詩人氣質，全是威爾斯美景所養成的，大自然的美，如一首小詩。

貞婉把昨天關達博士帶我們去看一家毛織廠買下來的毛衣、圍巾都全用上了。我嗎，只加上一件棉襖就行了。

當我們出門，走上山岡，此時天色變了，夕陽西下，金黃色的天空，紅色的晚霞，明朗美麗，抹去了已往沈鬱的灰暗，一陣陣鴉雀飛過，吱吱喳喳地啼叫著，增添了幾許熱鬧氣氛。

「明天，可是出太陽的天氣。」路易士教授望著天空。

路易士教授在這山區住了六七年之久，也懂些此地氣候的變化。貞婉只管腳踩在雪地上，一個個腳印，突然尚有旁人的腳印，這麼冷，會有人像我們這些人的雅興，上山岡看雪景嗎？

「山上還會有人走嗎？」我問路易士教授。

「每次大雪過後，會有人上山找尋他的迷失綿羊。」路易士教授說。

「沒有看到雪地上有綿羊呀。」我感到奇怪，望著一片通白的雪地。

「降大雪，綿羊會結隊回去，萬一有些走失了，牠會尋找地形躲著，雖然被雪埋蓋了，綿羊可以幾天不動不吃，不會死。」路易士教授說著，指向前面一位挖雪的人。「那人就是在找尋他的綿羊。」

「怎麼會知道羊是埋在那裡呢?」貞婉問，而上前去觀看。

「在雪地上有一股氣上昇，就是有綿羊在底下。」

那個人從雪堆裡挖出綿羊來，綿羊咩咩叫著，好像見到主人而高興的樣子。

貞婉很有興趣，看那羊兒在雪地裡挖出來。

「好有趣的發現。」貞婉在尋覓那裡有氣流上昇。

牧羊人把羊兒救出之後，小的裝在背著的麻袋，大的會跟著他走。可是挖出來多半是小的。貞婉去摸摸小受難者，把雙手蒙住小羊面部，讓牠暖和些。

回到路易士教授家，脫去棉襖及毛衣。貞婉仍然想到被埋蓋雪地裡的綿羊，她面向窗，隔著玻璃，隔著寒冷，望出窗外，那遠遠地，一片白皚皚的。

關達博士送上三杯美酒來，說先暖暖身子，再去餐室吃晚餐。

晚餐，關達博士烤羊肉大餐，那香噴噴的烤羊腿，切成片斷，裝置在餐盤上，端過來。

「這是威爾斯綿羊的肉。」路易士教授啜了一口酒說，「香醇可口，是下酒的佳餚。」

我望望貞婉，看她對小綿羊的愛護，晚上羊肉大餐，她感想如何？

「好傻的綿羊，拚命吃草，拚命長大，長大了被宰了吃。如果我是羊，我就不吃草，也不長大。整天躺在青草地上看天上行雲，多好。」貞婉說後，喝了一大口酒。

——七十一年十二月《中央日報》

雪在融化

雪開始融化了，春的腳步將要到臨。一陣陣風掠過，枝頭上雪已煙消，在枝頭上可尋覓到一點一點綠，新生的葉將要為大地披上春的新裝。那些被埋在雪底下的芽，也將要鑽出地上，昨夜的第一聲雷響，驚醒了沈眠的草根，新芽自然會伸出泥土的。

往瑞士雪山少女峰，是特地去賞雪的。去英國卻毫無賞雪的興趣，看到天冷下雪，使我極為煩惱。在英國，我喜愛威爾斯那藍藍的天空，青青草原，點點白綿羊，這是最美的景色。

路易士教授年紀已上七十，身體健壯，喜歡在降雪的時候穿著鮮紅色藝術家便裝，寬的墨鏡，在這片白皚皚的雪白地上行走著，他在尋梅嗎？還是尋找那失落的童年？讀路易士教授的詩篇，極少歌頌過雪，相信不可能是在雪中覓取靈感的。

開車的關達博士，似乎知道路易士教授會在什麼地方向客人提出顯耀的，她把車停下來，讓我們在山區中的小湖畔走進那座古老天主教修道院的廢墟，被燬掉的古修院，僅存著幾道聳高的牆，用石塊砌起來的，有六尺厚的基礎。我們站在一塊五尺三尺的石塊上。

「這是一塊墓碑，是這修道院院長神父的墓地。」路易士教授說著，指著石版上面的刻字，「碑文都被參觀者的腳磨模糊了字跡。」

我仔細地看一下，真的是一塊墓碑，年代久了，碑文被人腳踏及摩擦，已經看不清楚了，我們走向山坡小道路，關達博士催我們上車。上車前，路易士教授指著那一片青草原上的叢林說：

「美啊，美。威爾斯是如此的美！」

「奇怪，在這山野中，那會有人在此種植這一列樹呢？」我看這一排古老的樹，十分整齊。

「大概是當時修道院的修道生所種植，有數百年之久。」路易士教授說。

這些古老的樹，我不知它是什麼樹，有的已經枯萎了，光禿禿的枝頭伸向天空，正如這些手植樹的修道生的手臂，修院燬了，人死了，所有冤情只有向天申訴。

「凡是修院，總是景色幽美，像町騰廢墟，都是十分美麗的地方。」我說。

「應該說，修院總是建在風景幽美的地方才對。」貞婉糾正我的說法。

真的，我們向車窗外望，湖邊的一片黃水仙，襯托了這座廢墟，可以想像到當時這修道院的風光。

關達博士又把車停下來，路易士教授指著遠處山谷的雪說：

「雪開始化了，明天我們可以去大水壩了。」

我看那藍天下的白山谷，近處的樹木，枝條萌出新芽，高興地說：

「這地方才是美，富有活力、生氣。那枝條在春風中搖曳著，正是春意盎然。」

——七十三年四月《中央日報》

森林之冬

生長在南方的人，對雪是特別好感，說是好感不如說是好奇心。在臺灣的北方人，對雪也有好感，他們是一種懷念的心情。近幾年來，冬季時節，政府把合歡山開放賞雪，救國團也推動青年賞雪之活動，讓許多愛雪的人，能夠上山賞雪。

我是生長在南方，從小就沒有看過雪。記得十年前的聖誕節，貞婉在英國為我寄了幾張幻燈片，她在雪地上玩堆雪人的遊戲，極為開心，非常羨慕，要是有一天，我也能在雪地上玩雪多好。

當我第一次歐行，日程有去瑞士，上少女峰賞雪的安排，貞婉為我行李箱內放置棉襖、毛線帽子、手套、圍巾、墨鏡等等。

「哎喲，九月的炎熱天，帶這些去幹麼？」我怕行李加重，不願多帶。

「到了瑞士，這些都用得著的。」貞婉說。她是去過瑞士的。

到了瑞士，天氣冷了，看到雪花飄落，好開心。就要去登少女峰了，在巴士上，遠望藍天下的白色山岳，心中喜悅萬分。有時看到森林，在雪景中，森林變為暗黑色，那枝椏上葉子上積了白白的雪。我畫，我拍照。我想，在生活中，賞雪是我最喜愛的，使我發狂的喜愛。

前年，我第二次歐遊，貞婉同行，到比利時，下榻在布魯塞爾，天氣遽冷，布魯塞爾市郊大森林，面積有一萬一千英畝，許多樹都掉了葉子。

比利時友人佳壘太太，指著對面小山岡的幾棵大樹，全都掉了葉，無數的枝椏伸向上空，好像是向天空請求：「快點還我葉子吧，我不願這麼黑禿禿地立這白色土地上。我要春天。」

「美，好美的森林雪景。」我想，「要是春天或夏天，森林呀，你該會是怎樣的姿態呢？」

太陽下，樹上的枝椏積雪溶化了，地上仍是一片白色。在雪地上走是非常不容易的事，我拉著貞婉，一步踏穩再前進一步，有時還會滑倒。一小段路，走得很辛苦。

靜，一片靜寂。沒有鴉雀叫聲，更沒有喧擾的雜亂聲音，靜得連呼吸聲都聽得見。

「不要再往前走了，愈走愈遠。」貞婉有點吃力，昨天她身體不舒服，還未復原哩。

我仍然是在夢裡。一切如同我夢中所見的，一樣的美。

——七十年四月《中國時報》

水上伴侶

英國人崇尚自然，就倫敦的海德公園看，那麼大的面積是青草地及樹林，除了大門及其他出入口、圍欄之外，就是幾座紀念雕塑銅像，沒有什麼人工的修飾，保存著一份大自然原有氣氛，使這些整日在大建築物下忙碌的人，來到這裡得到自然給予的安詳與清靜。

難得何麗雅心情爽朗，要陪我們去逛公園，她說來倫敦個把月了，都未到海德公園去過。我們決定從海德公園走到肯新敦公園，然後去瑪格麗特公主宮邸看看。

早餐時，貞婉多烤了兩片麵包，沒能吃完的，把它包好放在手提包內，說是要在公園內餵鴿子的。

肯新敦公園緊接著海德公園，仍然是一大片青草地，在中間有一水池，池塘旁邊有幾處靠背座位，許多遊客可以坐在這裡，看望水裡的天上行雲，比起有些人躺在青草地上看藍天白雲，要舒服多了。

池塘裏有鴨子，類似我國北京鴨，在池塘周圍覓尋食物，貞婉把麵包取出來，捻成小塊，投入池中，鴨子來搶食，兩分鐘之後，所有的鴨子都聚集在一起，貞婉走往青草地去，邊走邊丟麵包，鴨子成群地搖搖擺擺地跟在後面走。

一大群鴨子，跟著走了五十公尺遠。

「貞婉，你把鴨子帶到那裡去？」我喊著。

「帶回去，開一家北平烤鴨店。」

「開烤鴨店，這一大群，足夠她賣一個月。」何麗雅笑了說。

鴨子已打回頭走，知道貞婉的麵包已用完了，鴨子搖搖擺擺地走回池塘，貞婉隨著走回來。

「再有兩條法國式的麵包，就可以把這群鴨子騙回去。」貞婉好像很可惜的樣子。

「這些鴨子，沒有人管，不會給人宰了吃掉。」何麗雅感到奇怪地說。

「誰敢，在英國水上的天鵝、水鴨都是女王的產業，誰都不能偷，有法律保障。」貞婉說。

我不喜歡這池塘的鴨子，很俗氣。看到人靠近池塘，就呀呀地叫起來，向人要食物吃。記得在湖區時，那水上的一對對，分不出是天鵝還是鴨子。那才是我所喜愛的。

黃昏時分，從湖面到天空一片金黃色，一對對的天鵝或水鴨，遊蕩在蘆葦間，悠然自得。這些小動物，牠們在享受大自然的美景，還是在享受著令人所羨慕的愛情生活呢！

——七十年四月《中國時報》

花與貓的日子

洋人也會迷信，瑪麗安的男友於二月間車禍死亡。以後她深恐「二月」會帶來不幸，許多好的事，可令人興奮的，都安排在二月，像她買房子，在二月簽約。收養一隻黑貓，這芝麻大的小事，也安排在二月，以便沖淡不幸的二月，而成為幸運的二月。

瑪麗安自男友去世後，沒有結婚的打算，她從非洲回英國來，在威爾斯大學任教，自己在卡迪夫買了一幢房子。她說，房子趕在二月間買妥，準備八月間我們到英國時，可以住她家。不管是不是這樣，我都感謝她對我們有這一份熱情。

把我們接到她的新房子去，房屋是連式二層樓房。樓下客廳與餐室及廚房。樓上兩間臥室及一間書房。前後院庭園，十分清雅安靜，確實是好住家。

這客廳通餐室，布置得像一小型的博物館，除了前後面落地窗外，左壁一列書櫥或陳列櫥，把搜集的一些非洲藝術品，如木雕、象牙、銅器、編織等物擺在這裡。右邊牆壁掛滿了繪畫，包括我送她的那幅銅蝕版畫《女生女生》。

在客廳前後落地窗下，瑪麗安排置著一列各種不同的盆花或變色草，高高低低，紅紅綠綠。據瑪麗安說，這些花卉的來歷都不簡單，也不好保養，必須費心血。瑪麗安對花卉的興趣極濃厚，看她到各處出遊時，都會記得為小庭園物色些花草的。

屋前庭園，尚未整理過，與其鄰居比，十分荒涼。這也難怪她，一個單身女的，要整理庭園，必是一番苦力工作。我表示願意幫這個忙。也是她預先想到的，她已為我準備了一條牛仔褲，一件紫色毛線衫，工作時候穿著的。

我與貞婉利用兩三天的早晨及黃昏，把前庭園，清除雜草，鬆鬆土地，種植了許多花。後面庭園是她父親幫忙整理，種植了一列黃水仙。而我們幫忙種植的是紫羅蘭，一列都是。之後，我們到倫敦數日，又回到卡迪夫來。瑪麗安的家前庭的紫羅蘭已經開了花。

「我永遠不會寂寞了，後院之外的青草地，經常有五隻馬，牠們會來到後院的。」瑪麗安得意地說。

「不怕馬會吃掉你的黃水仙嗎？」我說。

「那一片的嫩草，牠們吃飽了才來後院的，是看花、看我。」瑪麗安像小孩似的天真。

瑪麗安每天整理這幢房子之外，還得在園庭澆花、除雜草也夠累了，室內的二三十盆花，夠她忙碌了許久。在忙碌之後，她常喜歡在屋前青草地的石塊邊坐下來，織毛線或閱讀，都是一種悅心神怡的享受，花香與寧靜。

「瑪麗安，你不妨把媽接來同住，免得獨自一人寂寞。」貞婉說。

「媽只能住幾天，家裡不能單是爸爸一個人，總得陪爸爸才是。」瑪麗安想到老父親，退休在家。「一個月間，媽能來住三五天算好了，她還得去孤兒院當義工哩。」

自瑪麗安買了房子之後，生活上她很能安排，經常邀些朋友來家小住，不至於寂寞，也不打算結婚。

我們在她家住了半個月，有時她開車帶我們去玩。有時我們自己搭車外出。一次我們搭車去巴斯溫泉，下午五時回來，遠遠看見瑪麗安在屋前紫羅蘭邊的石頭旁坐在青草上，一手撫摸著黑貓的背脊，一手觸及花蕊，神態怡然自得，誰會說她不幸福呢！

——七十二年十二月《自由日報》

春到村間

市區住久了，過年的氣氛越來越淡薄，沒有像鄉村那麼熱鬧：不只是大地春曉，草木新綠；住村間的人，家家歡樂，漾溢出春到人間的氣象。

住城市的人，過年與平時沒有多大區別，年假休息幾天，打打麻將或去趕一場電影。我喜歡在鄉間度春節，還能享受那份我國傳統過年的氣氛。年前一陣子忙，洗刷家屋，貼上紅春聯，以一種新與乾淨來迎接新春。

村間，我那些鄰居小孩，阿方、阿義，整天蓬頭穢臉，冬寒，小臉頰紅紅的，鼻孔的鼻涕流下來，用小手背往臉頰擦，小臉頰像塗上一層膠。過年時候，他的媽媽也得幫他整整髮，洗洗乾淨，讓他穿新衣戴新帽。那個被稱「土牛」的小孩，過年時也變了樣，成為可愛的孩子了，小女孩阿秀，梳兩條辮子，穿上紅棉襖、黑褲子、紅皮鞋，胸前的玉項鍊，儼然是個小美人。最不喜歡穿鞋子的阿同伯，經常打赤腳或拖拖鞋，這時候也穿上鞋襪了，儀容服裝整齊，看起來年輕多了。阿吉嫂頭戴花，手鐲及金項鍊都在春節時用上了，真是春到人間，歡喜樂融融。

媽祖廟口是這鄉村的活動中心，春節期間人來人往，廟中香火鼎盛，大年初一到十五，還常舞獅舞龍。許多小孩把壓歲錢花在這一帶小攤上，吃的、玩的都有。

金生伯的孩子村達，大學畢業後，吵著要出國留學。金生伯夫婦不願意獨生子遠去，村達一氣之下，跑去臺北，連過年都不回家來。我們在吃年夜飯的時候，家裡突然來了一位不速之客，就是村達。

由於村達不回家過年，帶給做父母的極大不安。金生嬸在大年初一早到廟裡抽籤問卦，我看她頹喪地跑出廟門。

「金生嬸早，恭喜發財。」我走向她。

「村達這孩子與他爹吵要出國，不答應他，連過年都不回家，太不像話。」金生嬸激動地說。

「該讓他出國讀書，他的成績不錯。」我勸她。

「我與他爹都上了歲數的人，孩子離得太遠總是不好。」金生嬸嘆口氣。「孩子太不懂事了，現在我想，不讓他出國是不行，希望能早去早回……」

「你想通了，還是卜卦問神而改變主意的？」我問。

「大年初一來抽籤，抽支下下籤。我不敢去取籤詩文看，必定是最壞的。」

「勸勸金生伯，讓村達出國求學。我想，村達必會平安地回家的。」我說。

金生嬸回家時與金生伯商量了大半天，決定讓村達出國去，唯一希望：速去速回。金生嬸在廟裡抽的下下籤，使金生伯心中極不安，擔心孩子出了意外，準備親自去臺北尋找。村達的小弟告訴我這消息後，我勸村達趕快回去。他家距離我家只有三十公尺，看他走進家門，過後不久，聽到一串鞭炮聲響。

村達回到家，金生伯一家團圓了。家人心中的愁雲也散了。村達能及時申請到學校，達到他留學的宏志，也是一件喜事。

小弟來按門鈴，說金生伯請我們過去午餐。當我走進他家時，看到金生伯開了一瓶洋酒，高興地說：

「來來，今天請大家痛快地喝兩杯。」

——七十三年二月《中國時報》

愛貓的小肯

我曾見過兩位愛貓的人：一位是衛道會的范修士，他已去世多年了，在他生前住的房間，房門下的那個小圓洞（便利於貓的出入用），至今還未補起來。據我所知，他餵貓最多的數字是七十餘隻，好在衛道學生宿舍寬大，沒有造成貓患，只是使人感覺到是貓的世界，而在范修士的房間內，可說是貓的天堂。每天兩次口哨響，貓兒跑回吃飯，餵過飯之後，貓兒一隻隻地睡在范修士房間地板上，這是范修士最得意的時候，他摸摸這隻，撫撫那隻，貓兒舐著他的粗壯的手，讓他欣賞著可愛小動物是如此報答他給予的愛與照顧。

夜晚，貓兒可從那門洞自由出入，爬上范修士的床鋪，鑽進被窩裡與范修士共眠。有些比較頑皮的貓，常把襪子，拖到室外去。

另一位愛貓的人是鄉下少女，這個女孩，大家都叫她「小肯」，大概是她媽媽叫的小名，我們也跟著。

小肯有四隻貓，純白色為「魔女」，白色的貓，臉上一塊黑，類似海盜，叫牠為「海盜」，灰色的叫牠為「古洛比」，黃色的取名為「披娜」。小肯除了事忙之外，一閒著，總是抱著她那心愛的小動物。

有一天晚上，小肯邀我們去看歌仔戲，一起出門，小肯走時，後面跟著四隻貓，去到鹿角溝橋，貓兒都不見了。

「只准讓牠們跟到這裡。」小肯告訴我們說。

「牠們自己會回去嗎?」我問。

「不會，會等候我回來時，再跟著回去。」小肯很得意能把貓訓練成小狗那樣。

經過看戲的兩個多小時，我們回到鹿角溝橋，明月當頭，湖面一片清晰景色幽美，我們把腳步放慢，散步回家。

我看到棕櫚叢中一雙閃亮的眼睛，嚇了一跳，原來是魔女跑了出來，然後又是古洛比跳上小肯身上，小肯伸手抱著牠，沒有走多遠，那些跟出來的貓，都跟著回家。

小肯發現四隻貓少了一隻，急急忙忙地跑來。

「糟了，海盜不知跑那裡去，沒有回來吃晚飯，一直到現在都沒有回來。」小肯尋找貓兒至為著急。

「可能海盜去盜取食物，被抓進大牢去。」我開玩笑的說。

「看你那麼著急，海盜是不會丟的，你安心地回去等。」

貞婉勸她不必著急。

貞婉開了籬笆門，送小肯回家去。我把關在鳥籠的海盜放出來。海盜伸張一下身子，然後往籬笆洞鑽了過去。

我聽到了小肯高興的聲音：

「海盜回來了，海盜你跑那裡去？」

過了一會兒，小肯抱著「海盜」來。

「丁老師，海盜回來了。」小肯說，「就是不肯吃飯，不知道在那裡偷吃東西。」

「牠會偷東西吃？」我假裝不知道地問。

「會，只有牠會。」小肯邊撫著牠，邊與我們聊起來。「都是我不好，把牠取名為海盜，當然牠會去盜食物的。」

一天，海盜病死了，小肯悲傷不已，因她活潑可愛，心地善良，與我們經常在一起，我們被沾上了一份童心未泯決定幫她安葬海盜在鹿角溝畔的花叢下，鄰居小孩都來看熱鬧，為牠釘上一塊小木牌，上面寫著：「這裡埋葬一隻名叫海盜的貓」。

從此之後，小肯的貓群中少了一隻。

——七十四年三月《自由日報》

人體寫生

臺南市金藝廊為了慶祝七十一年美術節，特別舉辦一項美術節獻禮裸女聯展，邀請沈哲哉等十八位畫家提供作品，展出數日來，引起了一陣風波，據三月二十一日中視新聞報導，在古都純樸民風中，有些觀眾對裸女畫展提出異議，以「色情畫」向警局告發，要求取締這批妨害風化的作品。經呈報省府之後，最後決定不予取締。讓這古樸鄉民欣賞欣賞人體之美，絕不可當「色情」看，而相反的，倒可藉此任讓其改變其觀念。人體畫原是繪畫之最高境界，欣賞人體畫藝術，千萬不可觸及「色情」，這才是畫家們共相努力的目標。

記得十七八年前，我剛遷居臺中的時候，文霽兄介紹我參與李克全等人的人體寫生會，因為畫室容量不大，僅能有會員十人左右，在寒暑假期間雇用師大或藝專模特兒來臺中，由會員們出錢供與生活費用及月薪。那時候，參加的前輩畫家有顏水龍先生及林之助先生等人。

會員必須在八時到達，然後關上門，拒絕一切來訪的人。

模特兒就位，於是大家專注作畫，二十分鐘之後，有十分鐘休息。

十位畫家參加，其中兩位女性。大家在作畫時間都很沈默地工作，偶爾有人說說笑笑，都是在休息的時候。這樣，一期（一個多月）下來，每位畫家都會有些比較得意的作品。因之，我們計畫一次展出，大家公推我負責這些事，日期、地點決定之後，我開始作些宣傳工作，那時恐怕被人指為「色情畫展」，我聯絡了幾位報紙記者，先讓他們對我們的展出有所瞭解，經他們觀察與調查，則肯定我們立場是正確的。在動機上說，我們是為藝術，由畫家身分來看，十位參展者有九位是老師。隨便人家怎麼說，都沾不上「髒」的邊緣的。

在文化城首次展出，當天有四五篇文章見報，縱有許多歪念頭的人，也不敢吭聲了。六天展出時間，觀眾極為踴躍擁擠，我們在觀眾群中，看到有尼姑、修女在觀賞。各行業的人，對繪畫藝術有同好的，都可來觀賞。許多觀眾要求延長展出日期。這真是使我們得到莫大的鼓勵，因此，使我們決定續辦第二屆人體展。

在臺中我們辦過三屆展出，第四屆在臺北市舉辦。人體畫展已受藝術界人士之重視，可惜李克全與幾位畫家不和，解散了人體畫會，以後就沒有專展人體的畫展了。事隔十年，想起來是值得回味的。

《裸女》之作（按：又名《夜》），原是那時候的作品，參加過第二屆人體展，畫面以畫室中的模特兒為主，是我唯一的兩幅人體木版畫，其他都是油畫。這個作品曾參加過美國版畫展，及藝術家畫展。在英國舉辦個展時，也曾選展過，都能獲得好評。曾經有一位畫家，願以二幅油畫換這幅畫。記得在展覽結束之後不久，有人來我家商買這幅《裸女》，我看他不像是欣賞藝術的人，只告訴他，畫展已過，作品也就不賣了。

現在我想到臺南金藝廊的裸女展，卻會有人把它們當為「色情」看，難道古都臺南城的居民，是不知道我國倡導人體畫已有五十年的歷史?對人體畫觀念的不正確，可悲可悲矣！

——七十一年五月《自由日報》

昨夜風雨

入宵風雨勁，強臥俟天明；
鳥語驚殘夢，蟬聲報早晴。
環山濃欲滴，流水勢如傾；
起步青田畔，勞農一笑迎。

偶占早晴一首錄奉
貞婉女弟吟正

王叔岷

二姐家在南投鄉下小山坡上的果園內。山坡的果園，山下的稻田，一片青色，小橋流水如詩如畫，已成為許多居住城裡的親友們假日想去的地方。

每年年底，我與貞婉總會安排些時間到山上來小歇，賞梅及採果。要走的時候，摘數枝梅花，比帶些果子還要快樂。去年寒假忙著趕作些畫，沒能及時去賞梅，梅花凋落，枝頭結了果實，我們還未能去。

新春，一批批親友上山去，二姐給我們電話：

「怎麼等你們不來。小雛菊將要凋零，蝴蝶蘭盛開。山上小路旁的小花看不到你們的腳步正失望呢。」

假期快完了，畫尚未完成。利用最後的一二日，先到山上散散心，然後送貞婉去高雄。

到的時候天色黃昏，山上一片紫霧，一切都是朦朧中，腳步還能循熟悉的小路走上山。

二姐客廳中古瓶的梅花枝椏尚未丟棄，每年都是等我們來去摘梅花的，今年，我們脫了班次。

靜，山上的夜裡是多麼地寂靜，關掉電視，難得聽到一些聲音。我們享受著寧靜而入眠。

一陣風雨，窗外雨打芭蕉瀝瀝作響，我喜歡聽，好喜歡聽的聲音，我醒了。

雨是停了，天已破曉。我開門出去。昨夜風雨，樹葉上的水珠在晨曦下閃爍著，樹上吱吱喳喳的小鳥，打落那晶晶的珠粒。花棚上的蝴蝶蘭，白的，粉紅的。地上那一畦畦地「一串紅」串串紅。美，真美。

早餐過後，我們得告別了。

到了高雄，貞婉開進學人宿舍，壁間王叔岷教授的字，比其他的畫出色，這首〈早晴〉是他前年寫給貞婉的，重讀之後，彷彿是昨天上午二姐家一幅不見色調的畫，更能耐人尋味。

在臺中，我們家中到處都是畫，而高雄貞婉的宿舍中只有這唯一的一幅字。住在市區的人是多麼需要得到這樣的鄉土人情意味，比畫更令人嚮往。

記得二十幾年前，我住嘉義，每次臺北友人來訪，就陪他們去關子嶺。喜歡那幢日式旅舍「聽水廳」，位在小溪澗旁邊。在那裡洗過溫泉澡之後，睡在榻榻米上，細聽潺潺水流聲，比什麼都好，比什麼都舒適。現在，只要聽到年輕人播放搖滾樂，還會深深地想起那裡。

幾次去倫敦，我們都到金士敦住在倫敦大學教授哈德生家。他是很懂生活情趣的人，一幢古式二層樓房，下層客廳及起居室，上層三間臥房，推開窗門，可看到蘋果樹及青青草地。遇到結蘋果時節，果實紛紛掉落在青草地上。早上，哈德生教授總要掃除掉落的蘋果。

「好甜的蘋果，掃掉太可惜了。」我撿了一粒，咬了一口。

「已經撿了一籃了，太多，有些是小鳥啄食過的。」哈德生教授說：「種這三棵蘋果樹，是為聚小鳥；下雨的時候，躺在臥室聽雨打樹葉的聲音。」

他將陪馬莉蓮去西班牙度假，房子交與我們，特別吩咐：每天必須在蘋果樹的網袋內加放花生米，地上盤裡加水，一切為小鳥而準備。

國畫大師呂佛庭，在臺中住房旁種植了許多竹子，以文人傳統看法「屋無竹即俗」，他說主要的是聚集小鳥，聽雨打竹葉沙沙作響的樂趣。

二十年前，我建一幢小屋，選擇有樹的地方，後來那樹的地又建了房子，樹被砍去。我在屋外臨臥房窗外種樹，當時一位加拿大籍修士幫我種下四棵龍柏，他說龍柏種植在屋前比較美觀。二十年來，龍柏長高，枝葉茂盛，恰讓小鳥們棲聚樹上。早晨，在鳥叫聲中醒來，可以回味到小時候住鄉村的往事。

去年八月颱風來襲，一夜風雨，樹倒圍牆塌。一向最愛聽「夜來風雨聲」的我，飽受驚懼，那恐怖情形久久難忘。倒下的樹砍掉，破塌圍牆重修。貞婉新種下四棵檳榔樹，將來四根直立的檳榔，不至於再被颱風吹倒才是。

——七十六年七月二十一日《聯合報》

鹿角溝之春

或許你不會相信，我在大林住了十年。

大林是嘉義縣屬的一小鎮，比起臺北、臺中、高雄，它是鄉下小鎮。我會喜歡這裡的原因是景色不錯，家住鹿角溝畔的一幢日式木屋，很小，只有十四坪大，木屋前後均有高大的樹木，又鄰大林糖廠的公園。因之，住這裡便擁有森林之美，湖畔之美，公園綠色小坡地之美。

那時候，該說是二十年前的事，小說作家楊念慈、郭良蕙、張漱菡、劉非烈，詩人方思、李莎、羊令野，畫家方向都來過我這裡，後來，張道藩院長、趙友培教授及王藍兄也光臨寒舍，使鹿角溝增添了無限光彩。

我在大林，工作清閒，常去糖廠話劇團幫忙些編導工作，所以對糖廠員工，上至廠長，下至工友都很熟悉。一旦，我有遠客來訪，即借用糖廠招待所安置客人住宿，招待所在公園內，景色極美，離我小木屋也近。

來訪的客人，都稱讚鹿角溝景色美麗。

張道藩院長對我說：「你愛上了鹿角溝，這是你久住大林的原因。」從我作品《撈蝦的女郎》，《鹿角溝釣魚記》等，我確是喜歡這一帶的景物。

從我家旁堤岸，散步到糖廠，享受大自然風光唯一的好去處。

鹿角溝也有恐怖的時刻，每年總有三數人，想不通而投湖自殺，當那拿著火把，擺動竹排，尋覓跳水者屍體的時候，湖面上瀰漫著悽慘的氣氛，令人害怕。

我初住大林的時候，喜歡在早晨或是黃昏，獨自一人徘徊在鹿角溝畔，或是湖畔小坐，凝視湖面水鳥，總是會有些人，跑來拉我回去。

「什麼事得看開些，切勿輕易做傻事。」他們這麼勸我。

呵！原來他們把我當作想投湖自殺的人，勸我回宿舍。後來久了，他們認悉我，知道我不是會跳鹿角溝的人。

貞婉喜歡在黃昏的時候在鹿角溝讀詩，認為這是一處最佳境地。每每都得我陪她，免得有所困擾。

鹿角溝真好。春來，三五鴨群游在湖面，自由自在。水邊蘆葦，棕櫚樹也都長茁新芽，在我記憶中，它永遠是這麼清新。

——七十年七月《自由日報》

古樹的故事

記得小孩時候，經常往城裡跑。父親在城裡經商，家仍是住鄉下。從家走到城裡也不過十公里路程，來來去去都不算遠，如果往小路走，當可省二里路，所以我們常是走小路。道路旁有一棵古樹，枝葉茂盛，樹下一位老人在賣仙草冰，一張桌子，排了三兩長板凳。來往的人，這裡是唯一歇腳的地方，樹大蔭涼，坐下來喝一碗仙草冰，只花兩毛錢，所以生意興隆。

賣冰的老人不知叫什麼名字，大家都稱他為「老仙草」，他很樂意人家這樣叫他，他說仙草有「長生」之意，常喝會長壽。老仙草說話很幽默，對年老的，中年的或小孩們都能談得極和洽。

當一大批往來人群經過時，老仙草就喊：「仙草冰，快喝，明天不賣了。」這樣，一連喊了許久。一次，我經過這裡，歇歇腳，喝仙草冰。

「快喝，明天不賣了。」老仙草還是這樣喊。

「老仙草，真的明天不賣了嗎?」我問。

「是呀。」

「好，明天我從城裡回來，經過這裡，我還要喝仙草哩!」

老仙草笑笑，不答。

第二天，我經過古樹下，證實老仙草的話，這一次是真的了。

古樹下顯得荒涼，雖然那桌子、板凳還在，歇腳的人就少了。

「老仙草賣了幾十年冰，賺了不少錢，買了一片田地，他回家耕田去，再不賣冰了。」有一位旅客談著。

「他家住山間，那裡有田地買？」另一旅客問。

「前面溪流旁，那一大片田，他都買了。」

「老仙草那有這麼多錢呢？」有人問。

「別小看一碗冰只兩毛錢，那是水，水不要本錢的，水加一點糖，可賣兩毛錢，這還不賺錢嗎？」

我跟著那群人往回家路上走，也聽了一些有關老仙草的事。買地種田，當然比賣冰要著實些。

一陣大雷雨過後，一連四五天，都下著雨，溪地河川水患成災。因此，我久久沒有進城。

當我再度經過古樹下時，使我驚訝的，古樹遭雷劈，葉子掉落，現在樹下不陰涼了。老仙草的仙草冰又再賣了，可是他好像沒有以往那麼開朗了。

「老仙草，聽說你的田地被水沖掉了，是嗎？」有人問他。

老仙草田地被水沖掉，我知道他再賣冰的理由。

「沒有關係，水來水去。」老仙草像看開了，錢從水而賺來，買田給水沖去。

好可憐，辛辛苦苦賣了幾十年冰，如今，田被水沖走了，大家對老仙草極同情。

不知怎麼的，聽說老仙草死了，田被水沖後三個月，老仙草病死了，古樹下的那些桌子板凳也不見了。

春天，古樹的枝椏再不萌芽，只剩下光禿禿的樹幹。可是在古樹幹下，長茁許許多多的小樹，一片嫩綠，一片新生意。

山坡仍然是可愛的，古樹幹襯托著藍色的天，三兩朵白雲，地上那些向上伸長的小樹，層層地，綠得可愛。

——七十年七月《自由日報》

仙丹花叢

我家客廳北向的兩面窗，窗外後庭院比南向正門前面的庭院要大得多了，前庭園只有兩米寬，便是一道圍牆緊接大路。在房子設計的時候，就在臥室窗外，安置了一排四株龍柏，而不再種植其他花與草。後庭園較為寬大，可以種植些花草。貞婉在圍牆邊種了些珊瑚籐，讓它爬滿了後面全部圍牆，春夏季，除了一大片綠綠的葉子之外，尚開了一串串粉紅色的小花。

「這樣，使我們住在城市區的人，感到仍有鄉村的情調。」貞婉很得意地說。

「還不夠，應該有個瓜棚。」

我就在後庭院搭起了一座花棚，很長的一道花棚，自餐廳窗口到廚房窗口，再延到客廳的一個窗口，種植的許多洋蘭，就掛在棚下；貞婉種了絲瓜，讓瓜籐爬上棚頂，長了瓜，吊掛在蘭花之間，確有另一種鄉土的美。

此後，我們都經常靠這一面窗坐，可欣賞窗外花草及瓜果，那另一面窗的座位，常是被冷落了。

不知道什麼時候，貞婉在那面被冷落的窗口外種了幾株青青葉子的小樹木，好快地長高了，不久，坐在室內向窗外望去，竟可以看到長出一簇簇、一團團，紅的白的，那是由多數十字形小花而構成一簇簇、一團團的花，非常吸引人的視覺。不只是吸引人，而比人更為敏感的是蝴蝶與小鳥。那就是仙丹花叢。

我在客廳坐著，往窗外望，仙丹花叢的紅白花簇，許多繞著花簇飛舞的彩蝶，心中之喜悅，使我感到這房子雖是簡陋，但也可自為滿足了。

有一次，一大群客人來，客廳裡擠滿了，小孩們往後面庭園去玩；那知仙丹花遭受酷劫，花簇被折，枝葉受損，狼藉不堪。

「小孩們毀了仙丹花！」貞婉感到十分可惜地說。

「索性把它剪掉，讓它再生。」我建議。

貞婉近些年來，為了整理後院的園地，花了不少心血，每天在炎日下拔草，晨昏之間澆水，有時鬆了地，把外國寄來的花種子撒下，幾星期後，一大片鮮艷花開。有些花種子，因時間與氣候不對，都長不出來。她小心地作過數次試驗，以後她會依季節而下種，絕不讓這小園地荒蕪著。

我的建議，她考慮了許久，終於把這酷劫後的仙丹花叢全部剪掉了。春天它萌芽了，很快地長起來，一年間，仙丹花又開了，一片整齊的花叢，尤其從窗口往外看，是最美的畫面。

為了保護這些花，避免以後再有小孩毀掉它，我決定做了一道鐵柵門。

仙丹花叢開滿了紅白花團，一簇簇地，在陽光下是多麼的美，多麼的壯。

——七十年九月《自由日報》

司濱諾太太

昨天逛街，在三商禮品店買了一隻瓷象回來。貞婉特別高興，她要把這隻瓷象寄去英國給司濱諾老太太作為聖誕禮物。司濱諾老太太酷愛大象，嗜好搜集象之模型，已有木雕、銅塑、塑膠、水晶刻、象牙雕、陶瓷之大小象數百件，每日工作閒暇，欣賞這些心愛的象，心中格外的喜悅。

司濱諾老太太是瑪麗安的母親，瑪麗安是貞婉在倫敦大學的同學，現任教於威爾斯大學，她家住康伯蘭區南甘達爾。父母健在，父親已退休，賦閒在家。而瑪麗安卻在威爾斯卡迪夫買了一幢房子，自己住那裡。據說瑪麗安在十餘年前她的男友因車禍喪生，自此，沒有結婚之打算，現今都四十多歲了，尚是小姑獨處。

一九七九年九月，我應邀去威爾斯展畫。八月間我與貞婉從巴黎去倫敦，瑪麗安接我們去她家住，並履行了十年前承諾：為我們導遊湖區。自威爾斯卡迪夫開車去康伯蘭需要九小時。康伯蘭靠近湖區，我們就在瑪麗安父母處住了一星期。

貞婉是二度遊湖區的，在英國讀書時，曾去蘇格蘭，順途一遊湖區，那時候沒有到司濱諾家去，但是對這位老太太卻很崇敬，因為瑪麗安告訴她很多，瑪麗安以這位心地善良、熱心公益的媽媽為榮。貞婉回國後，常常寄些小禮物給瑪麗安，也會多備一份送給司濱諾老太太的。而老太太經常來信，每封信都寫得很長，字跡十分整齊。

到了康伯蘭，見過司濱諾夫婦。他們的家，房子是雙連式二層樓房，大小與瑪麗安的房子差不多，前後都有庭院。從正門進去，是司濱諾老先生的工作室，有書架、打字機等，再是客廳、餐室。他們多從邊門出入，直接到客廳，因為有個廊可通車庫，走邊門比走正門方便。

家中有位賢慧太太，先生就省事多了。司濱諾老先生一向專心事業，家中大小事全是老太太處理。老太太確實能幹，從我們第一步踏進家門，就得到證實。

司濱諾老太太，沒有我想像中那麼老，中等身材，圓臉上常露笑容，她說：「人生一切，都是天主安排的。」與我國的宿命論同樣哲理，一切讓其自然，沒有必要爭名奪利。她是個「知足常樂」的人，心情愉快，身體健康。每天，她去孤兒院，為那些失去母愛的孩子們服務，說說故事或是做做點心。義務地服務了十幾年，孩子們帶給她喜悅，也帶給她信心。

瑪麗安說，媽是做牛排好手，也是製蛋糕麵包西點的好手。晚餐時，餐桌上排出的麵包、蛋糕，不會輸給麵包店買來的。吃過青菜沙拉，牛排上桌，確是一套本領，老太太的手藝值得讚美的。

司濱諾老先生不愛說話，我們如果沒有提出什麼問題，他很少開口。司濱諾老太太很健談，她與貞婉談個不完。我在客廳坐著，瑪麗安奉上清茶，她看我欣賞櫥櫃中陳列的各種大象小象的模型。

「我媽最喜歡搜集象的模型，單是客廳中就有九十六隻象。」瑪麗安說。

「那裡去找這麼多的象？」我問。

「你看，這是我在非洲教書時，送給媽的一件禮物。」瑪麗安指著那組木雕桌椅，茶几是大象形，四隻椅子是小象形，雕工極為細緻，是在非洲少有的家具。瑪麗安把椅子拉開來，讓我看。

「運費可用掉你不少錢吧？」我說。

司濱諾老太太與貞婉進來，老太太指著壁上一幅我送瑪麗安的木刻畫：《貓》。

「每當我看這幅《貓》時，貓的眼睛總是瞧著我，口裡咪咪叫的樣子，使我想起你們。」老太太說。

貞婉送給瑪麗安兩幅我的木刻，瑪麗安配好了框，送給媽媽。司濱諾老太太喜歡搜集些小型藝術品。

「還有一幅：《夕照》，掛在臥室。現在在你們的房間裡。」老太太說，「等下你們就會看到的。」

另一牆上掛著三幅放大照片：一幅是小女孩爬上椅子上，顯得極頑皮。另一幅是一小黑人。

「這是瑪麗安小時候的照片嗎？」貞婉指那爬椅子的小女孩說。

「三歲時，她爸爸攝的。」老太太說，「那小黑人是瑪麗安非洲帶回來的孤兒，我撫養他長大，現在去德國讀書，前天來信要錢，很會花錢，去的時候才給他兩百鎊，已經用光了。」

「為什麼要到德國去讀書呢？」貞婉說。

「瑪麗安為她申請到獎學金。」老太太說。

瑪麗安是司濱諾老太太的獨生女，現在又撫養小黑人，當為自己女兒一樣的愛護她。老太太的愛心，實在令人欽佩。

我欣賞客廳擺設的大象小象，大部分自非洲或印度買來的。各式各樣，粗細都有。

「這客廳是大象園，媽是大象園園主。」瑪麗安說。

「以後，我給園主送一隻象來湊熱鬧。」貞婉有意思送老太太一座象。

司濱諾老太太指著一隻水晶玻璃雕象，笑嘻嘻地說：

「前年，這裡一次愛心會員聚會，輪到我作東，陳先生為我設計簽名卡的那一次。按會的規矩，要贈主人一份禮物，就是送我這件我最心愛的大象。」

「他們怎麼知道老太太喜愛大象呢？」我問。

「知道。有問過我，因為水晶雕象價格高，我不願說我要。而他們還是買來。」老太太激動地說。

沒有聽瑪麗安說過，不知道老太太喜愛象形雕刻，不然，此次來作客，當去三義為她選一座象形木雕。我們送給老太太的禮物是一件棉襖及一些臺灣玉首飾、臺灣紡織布料等等。老太太也很感激我老遠帶這麼多東西給她。

晚上九時許，英國人有喝晚茶的習慣（像我國人消夜），我們沒有這習慣，先回房休息。

第二天清晨起床，老太太已為我們做好了早餐，並準備好了讓我們帶去湖區吃的午餐，一提籃的食物，裝進瑪麗安的車子內。

一天遊湖區，回來時已是下午七時了。司濱諾老太太已做好了晚餐，除了一些麵包西點、沙拉之外，炸雞水果等。餐後，貞婉想去幫老太太忙。

「怎麼可以，你是來渡假。渡假不可做家務事的。」老太太不肯讓貞婉幫忙。

「那會糟的，兩個月渡假，回去連做飯都給忘記了。」貞婉笑著說。

「不必管那麼多，渡假總要輕鬆輕鬆才是。」老太太堅持不讓貞婉幫她。

以後幾天在司濱諾家，要瑪麗安多在家陪陪媽媽。我與貞婉自己去遊湖區，由司濱諾先生開車送我們去車站搭車，那有樓上的大巴士，坐在上層往遠處望，湖區景色盡在眼前，比坐小轎車好多了。我們排好了日程，往訪渥滋華斯的住家，他的博物館及墳墓，去看沙第的墳地等等都排好了時間。清早出門，司濱諾先生會說明路線的走法。老太太總會為我們準備中午餐點帶去。晚上回來，瑪麗安會安排些同學，請我們去草原酒店飲酒或喝咖啡之活動。這樣，一週時間，感到很充實，很忙碌，也很愉快。

離開康伯蘭時，司濱諾先生送我們當地紀念筆，老太太送我們水晶花瓶、手結的衣架、毛線襪子、衣料等物，在我們行李箱佔了不少重量。

「瑪麗安，明年能陪同媽媽到臺灣一趟嗎？」我說。

司濱諾老太太從未離開過英國，瑪麗安卻跑了不少國家。

「媽怕出遠門，放心不下那些孤兒院小孩們。」瑪麗安是不會讓媽來臺灣的。

我們回臺灣之後，貞婉一直想尋找一座大象模型，始終未能如願。

前二十年，我曾集郵過，很入迷，為了尋覓一張郵票跑到好遠地方去耍。以後，覺得太浪費時間而放棄，司濱諾老太太知道我們集郵，每次英倫新出郵票，總是整套郵票、首日封連同說明書一起寄來，非常有耐心。以往，英國郵票都是女皇頭像，沒有多大變化。近十餘年來，英國郵票可美了，紀念郵票、特輯郵票，圖樣極美。就以司濱諾老太太這幾年不斷地寄來的郵票，以後將是一筆財富。

去年英國水災，威爾斯一帶受害甚重，康伯蘭也部分災及，司濱諾老太太為了救災義賣，捐出了一批首飾物品，包括我們送她的臺灣玉及景泰藍飾物。

那時候，小黑人回英國，家中、孤兒院兩邊忙，瑪麗安病了，老太太又得到威爾斯照顧瑪麗安，這樣忙忙碌碌反而把老太太忙得更健康。前幾天，貞婉為她寄一批禮物去，包括送司濱諾老先生的及瑪麗安的。今天又得為老太太寄去這座瓷象，及我們的祝福。

——七十二年十月《聯合報》

插花之餘

每逢週末，秋月學插花歸來，必來我家，為客廳、書房、餐廳獻上三盆她的傑作。我們的這位芳鄰，她說盆花放置她家沒有安置在我們家好。每次她上插花課後，總是抱了一大堆各式各樣的花回家。

「插花老師家裡經營花圃，強迫學生買花，也是幫忙家裡一些生意。」秋月毫無埋怨地說，「好在她賣的花都比花店賣的要便宜多了。」

貞婉在客廳的圓桌上，把一條大浴巾舖上，然後在旁邊放一桶水。秋月把工作圍兜穿上，坐下來，選用瓷盆或瓷瓶，拿起剪子，逐步地開始工作，蠻像一回事地。我在旁邊欣賞，有時為她播放一點音樂，增添一絲插花情調。

「秋月，今天插的是屬於那一流派？」我問。

「沒有流，也沒有派，自由創作。」秋月邊工作邊說。

「那是道道地地的秋月流。」貞婉為它取了流派。

秋月學插花半年了，成績不錯，由於她的好成績，我們家分享一份光彩。她把那大圓盆，以許多小雛菊綴著幾朵紅玫瑰，放置在客廳。另一盆是高腳盆，以黃玫瑰、金魚草、花萎草，從上垂下來，別有風格，安置在書房。再以黑色方口長瓶，用百合數枝，綴有黃色金蓮花，放在餐室。

除了這三盆之外，秋月也為自己家裡插了兩盆。其他尚有許多花材，想往垃圾桶裡放。

「怎麼，都不要了嗎？」我問。

「你要，就送給你好了。」秋月瞧我一眼，好像說你也要插花呀。

「當然要，這麼美麗的花。」

秋月把剩餘的花材全留給我，她把插好的兩盆帶回家去。我想了許久，把那筒式刻有圖案的瓶取下來，以那兩朵向日葵，五朵紅玫瑰為主，另加百合、蓬蒿菊、花菱草插在一道，再加三數葉子，很自然地，看起來蠻好看的。

把它安置在窗口的電視機上，我坐著欣賞自己的插花藝術。一隻小鳥由窗外飛向室內，「澎」一聲，那小鳥撞上紗窗，反覆兩三次的撞擊，小鳥終是無法達成心願。

因此，我作《花鳥圖》，那時為趕參加美國的版畫展，匆匆地印了數張試版樣，效果不壞，前年應邀去英國威爾斯開畫展，選用這一幅印製海報，印了兩百張，以五十張用紅色字，一百五十張用銀色字。主辦的雪爾曼藝教中心，用紅色字的作張貼之用，銀色字的在畫展開幕式當天，在會場發售，許多英國人喜歡搜集海報的，我還記得有許多人，買了海報，要求畫家簽名，以資留念。

海報很快賣完了，有一位威爾斯大學老教授，透過瑪麗安小姐要求我送他一張海報，願以一幅《渥茲華斯詩人畫像》版畫為酬。

據老教授說，這幅詩人畫像版畫，是德國一家出版社印行，雖未經作者簽名，但是註明只印製一千張，為時久了，此畫存在英國也不多，算是極名貴的一幅銅版畫。

我非常重視這一幅古老的版畫，我也喜歡我的這幅《花鳥圖》的版畫。

——七十年九月《自由日報》

奇奇與帝帝

英國人很少養狗的。在威爾斯半個月，若不是瑪麗安家隔鄰養了兩隻巴吉度狗，以為是在沒有狗的國度裡了。

上了小坡地的青草坪，便是瑪麗安的家，一列二層樓房，整整齊齊地，只是屋前的小花圃種植的花不同，可辨別出來是誰的家。瑪麗安家的花圃，經我幫她整理之後，一些黃菊花都已開放了。隔壁的花圃，一些花卉都給這兩隻巴吉度弄得一團糟。

巴吉度並不是十分難看的狗，黃毛，長長的耳朵往下垂，烏黑的眼睛，整個形象不算很美，也不使人討厭。瑪麗安說，這狗大點的叫奇奇，小點的叫帝帝，使人厭煩的是整天在吵在鬧，似玩似打架，久久不厭倦。

走卡迪夫回來，瑪麗安開車，轉過了一大彎，上了山坡，突然剎車。不知為什麼，停了兩三分鐘，我開車門，下車看看，原來是奇奇與帝帝打架，從家前滾到道路中，仍在繼續著。我前去把牠們趕走，瑪麗安車才能開進車庫。

「好討厭的狗，沒有看牠安靜過。」我說。

「鄰居老太太的寶貝，從蘇格蘭帶來的，一點點大，沒多久就長這麼大了。」瑪麗安蠻喜歡這巴吉度的。

「是一對嗎？」貞婉問。

「都是公的，才會常常打架呀。」瑪麗安說。

開門進屋去，我獨自站在屋前，看著奇奇與帝帝打架，端詳了許久，不像在打架，是在玩，玩到不高興，會發脾氣，汪汪地吠叫。

我拾一個裝果汁厚紙匣丟過去，牠倆爭著把它撕得碎爛。看來蠻兇狠的。

常常咬了一條主人褲子出來，兩隻狗都拚命地咬著撕破，老太太追出來，命令牠們停止，巴吉度聽話了，停止咬撕工作，牠們受到懲罰，每隻狗打屁股三下。打得牠們懶洋洋的，十分喪氣，躺在地上，眼睛瞪著老太太，嘴中發出微微聲音，不知是怨言還是悔意。

老太太進屋去了，兩隻狗又鬥起來，這一次鬥得好兇，奇奇皮被抓破，帝帝頭腫起一塊，真是兩敗俱傷。

有一天中午，奇奇睡著，帝帝在旁邊逗牠，沒有用，奇奇正酣睡，任其逗，都不會醒來；要鬥，沒有對手，只好也睡下。我可看到牠倆有片刻的寧靜，還不到三分鐘時間，奇奇醒了，躺著以爪向帝帝攻擊，又是鬥，鬥得其樂無窮。

老太太來找瑪麗安，說要把巴吉度送掉一隻，看誰願意收容牠。兩隻狗整天吵擾著，使她無法承受，三四個月來，老太太已消瘦了許多。瑪麗安對養狗沒有興趣，也沒有空暇時間養狗玩。英國人養狗，大部分是老年人閒著，養隻狗玩玩，不像我們養狗看家防小偷侵入。

「要是沒有人收容牠，我帶給媽媽養牠。」瑪麗安想到媽媽。

老太太留下奇奇，把帝帝由瑪麗安送到康伯蘭給媽媽。老太太可有寧靜生活過嗎，沒有想到帝帝被送走的第三天，奇奇哭叫不停，終於病了。

「瑪麗安，瑪麗安，奇奇病了。」老太太站門口喊。

「怎麼會，那天不是好好的嗎？」瑪麗安說。

「已經兩天不吃東西了，大概是沒有帝帝陪牠玩，牠不願意。」老太太後悔把帝帝送掉。

瑪麗安給媽通過電話，媽告訴她，帝帝也病了，不吃食物，決定把帝帝送回來。

帝帝送回來之後，兩隻巴吉度回復了生氣，會吃東西，會吵會鬧，整天打架，老太太臉上有了笑容。

自此以後，老太太習慣牠們吵鬧，不再消瘦了。有吵有鬧，老太太才會喜悅，她愛這兩隻巴吉度。

——七十二年四月《中央日報》

婚後的佳佳

佳佳婚後半年，來過一次，大概是從那詩樣的理想，掉落在現實生活中，她對婚後生活感到失望。看她那消瘦的身子，不悅的神情，已不是以前的佳佳了。

「陳叔叔，我的婚姻賭注，輸掉了，輸得盡光。」佳佳禁不住哭泣著。

「怎麼啦，佳佳，是林楓對妳不好？」我問。

「他呀，算我錯看了，牛脾氣，大男人主義。好像是我這個妻子，該為他作牛作馬似的，他都不滿意。」佳佳擦一下眼淚。「他說：『男人幫做廚房事，是女人的恥辱。』從不肯幫我，我也有一份工作，也是一位職業婦女。整天忙碌著煮飯洗衣。加上他父母，一家都把我當傭人。」

「林家有多少人？」我問。

「公公、婆婆、小姑連我們夫婦，大小五口，都要我一人服侍他們，我是女傭，是老媽子。」佳佳傷心地哭了。

「這是林楓不對，他應該改善家庭生活。不要老是要妳一人受罪。」我說。

「我曾與林楓商量過，他說，這是他們傳統的方式。要是他幫了我，會受婆婆的責罵。」

好可憐的佳佳，婚後受到許多折磨。還是貞婉想出了方法，要佳佳回去與林楓商量，他倆遷到林楓工作的臺北去住，然後，佳佳在臺北找個工作。離開了林宅，自己小家庭比較好辦。

這事情成了，公婆答應佳佳搬去臺北與林楓住。在搬家的前一週，佳佳與林楓來我家，並在我家便餐，好讓林楓見習一下我們家的生活。家是夫妻兩人共相建立的，一切事情由兩人共同動手做，才能幸福。

佳佳遷居臺北之後，逐漸改變林楓的壞習慣，使他慢慢地自動自發去幫助佳佳做些家務事，至少幫著拖地及打掃庭院等工作。

有一天，雪君來找我，說佳佳找到一份教書工作，怕她過於勞累，要花錢為女兒雇一傭人。

「算了，讓他們小夫妻自己處理吧，在他們沒有向您要求支援的時候，您不必為他倆操心。」我勸雪君。

「在林宅半年折磨，真令人耽心，佳佳瘦了六公斤。」雪君很心痛佳佳受累。

以後久久，佳佳沒有來過，大概生活有所改善，工作也忙碌，小夫妻相安無事，大家也就放心了。

一個週末下午，林楓突然來訪，使我感驚訝。

「佳佳病了。」林楓堅強地說。

「是過度操勞嗎？她在婚前，是家裡的小公主，什麼事都不曾做過，父母過分寵她。」我說。

「近來，我幫她做許多家事。我看她面黃肌瘦，精神萎靡，叫她辭去教書工作，她不肯。陳叔叔，您能勸勸她嗎？」林楓說。

「勸她辭去工作？」我問。

「是呀，我們生活簡單，我的薪水夠用了。」林楓語氣慢下來，邊想邊說：「可是她說，明後年申請到美國獎學金，要兩人都出國去，需要多存點錢。」

「出國去，她爸爸會給她一筆錢的，不用她工作掙錢。」我說。

「我爸爸也有筆款子，供我留學之用。這樣，我們去美國的經費不用愁了。」林楓高興起來。

「佳佳病如何？怎麼不與你回來。」

「進醫院了，在臺中入院，好讓爸媽陪著她。」

好吧，我們一起去醫院看她。到了醫院，找不到佳佳。再三打聽，才知道已回娘家去了。我給雪君掛過電話，知道佳佳有喜了，頭昏嘔吐是平常的事，不必住院。

林楓好高興，第二天，把佳佳接回臺北去。佳佳的婆婆聽說佳佳懷孕，因她抱孫心切，就趕去臺北，照顧佳佳生活起居，不讓佳佳再做操勞工作。

一年之後，佳佳、林楓抱著囝子來看我，囝子是他們愛的結晶。

「陳叔叔，我們在八月間要去美國了。」佳佳說。

「已經申請到獎學金了嗎？」我問。

「很幸運，兩人雖不同校，但都請到獎學金了。」林楓得意地說。

「囝子怎麼辦，帶去嗎？」

「不，囝子留給婆婆帶。」佳佳說。

——七十一年八月《自由日報》

幻——月亮組曲之一

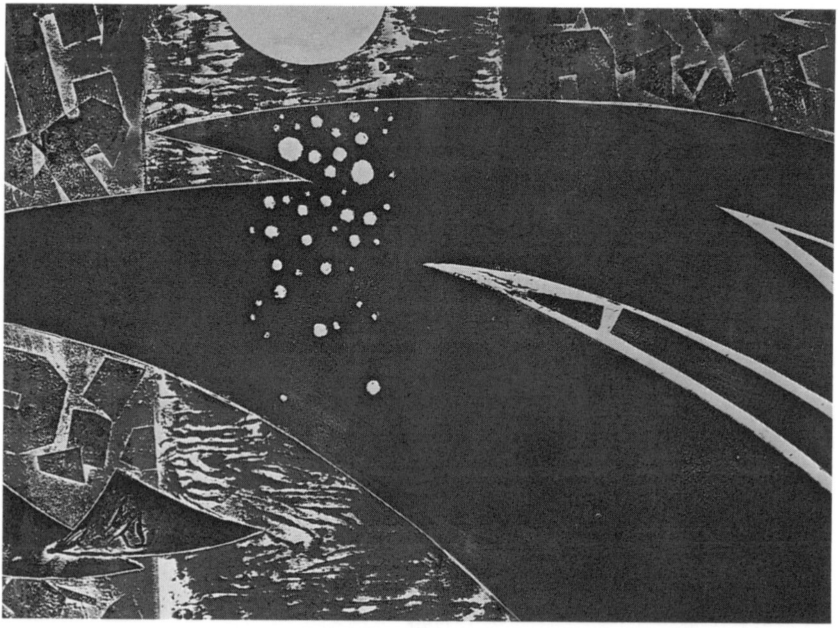

人生總得花些時間在幻想中。

那不是很痛苦嗎？無法實現的東西。

不，應該是從許多無法實現的事情，幻想是一種安慰，也是一種喜樂。

英國人喜歡在池塘畔設置若干座椅，供人們休閒時坐下來觀看水上的天空行雲，或是水裡月亮，它能使在工作中繁忙的人，得到安靜，得到舒適與遐思。

我生性好靜，小時候，在故鄉的大宅子裡，堂兄弟們總喜歡在晚餐過後在大庭院裡嬉戲，玩呀，鬧呀，嘻嘻哈哈地。而我卻非常不合群，喜愛獨自一人坐在池塘畔，夏天聽蛙叫，秋天聞蟲聲！觀看水中月亮，偶爾一朵雲，水上一片影，變幻無常，而我感到無限的喜悅。

有時候，我在池塘畔唸英語，背誦國文，很容易記住，大概是心境清靜下來，月娘及星星啟開我智慧之門，讀的，都能讀好，而容易記住，一次在課間，被老師叫到背誦，一時著急，腦漲眼昏，全部忘光光，一句也背不下去，呆呆地站著發抖。

「你生病了？」老師看情形不對，他問。

「沒有。」我答。

「怎麼不會背？」老師問，「昨夜沒有讀好？」

「讀好了，會背。」我說。

「那麼，你背吧。」老師叫我再背。

我仍然背不出來，老師叫我站在講臺上想想，然後把書打開看看。那時，我感到這是一種羞恥，心頭砰砰地跳著，腦際無法安靜下來。

下課後，我回到自己的座位上，心中一陣難過，久久無法平息，放學回家，我在池塘畔，眼看水上那清澈的池水，明朗的月影，我試背誦那篇文章，每一句，每一段，記得清清楚楚，一字都不會錯，我再背另一篇文章，也能純熟背出來。

第二天上課，我心中有準備，不慌不忙地。以為老師還會叫到我的，結果沒有被叫到。

第三天上課，在背誦的時間中，我舉手發言。

「老師，我要背誦。」

「好吧。」老師同意我背誦。

我已不慌張，細細想及昨晚讀過的，在那月光下的池塘畔，讀好的，一句句，清楚地背誦一遍。

「很好，」老師在記分本上打了分數。「求學考試得有充分準備，不必慌張。」

此後，我不單獨一人躲在池塘畔讀書，我知道必須適應人多的場合上，才不致懼怕與慌張。我也在晚餐後，參加大宅庭院的遊戲活動，大伙兒歡笑，大伙兒吵吵鬧鬧。但是，仍然會去池塘畔，靜坐下來，讓微風抹去了臉上汗水，聽咯咯蛙叫，從水上的行雲月影，我想起我該做些什麼，該讀些什麼。

回到屋裡，處理好一天的功課。

——七十一年七月《自由日報》

水中月——月亮組曲之二

每一景物
此刻都呈現清晰的輪廓
襯著一片桑椹色的天空——
那淡化成晨曦，成熟為夜色的天空。

——巴巴拉・郝斯詩

參加吳伯伯的葬禮歸，心中老是惆悵不已，雖現他的墳墓在山麓，仍然可以觀望到湖上的景色，明月當空的時候，湖面上清晰地映出來。那是吳伯伯生前最喜愛的，最能使他心悅的，我想，吳伯伯也算安息在得當地方了。

吳伯伯在我們村落中，算是一位令人尊敬的長者，樂善好施，以助人為樂，平常修橋造路，將村間小道，整理得乾乾淨淨，吳伯伯愛鄉愛國，年輕時，他去過南洋經商，走過不少地方，也賺了不少的錢。但，他還是回來，在故鄉住下來。我從城裡求學回家，看見他衣著與鄉人不同，拿著鋤頭修整小道路，跑去與他閒談。

「聽說吳伯伯在南洋，生意不壞，賺了許多錢，是嗎?」我好奇地問。

「是呀。勤勞的中國人，到處都能賺錢。」吳伯伯瞪我一眼說。

「那麼，您，怎麼又回來了?」我說。

「當然又回來。這是我的家鄉，我生長的地方，事業再好，也得回來。」吳伯伯在他鋤鬆了的泥土，抓上一把，「你看，這是故鄉的泥土，多香。那清晰的湖水，多甜。別的地方那裡有。」

我知道吳伯伯步入中年，落葉歸根，他愛鄉愛國，就是賺再多的錢，也不願流落在國外。他邀我晚上去他家喝茶。我喜歡他那豪爽的個性，就答應了。

去到吳家，已經明月當空，吳伯伯把一套籐椅安置庭院中，中間一隻木桌，茶具安置在上面，我們坐著，從矮牆望出去，可以看到湖上水中月亮，雖然視線被那古剎擋住一部分，仍然是最美景色。

「吳伯伯，您真行，擁有最美麗的景色。」我讚美他說。

「這裡是世界上最美的地方，真的，我在外國跑了這麼久，從來就沒有發現比這裡更好的風景。」吳伯伯說著，哈哈大笑起來。

吳家宅子是一幢古老建築，不算大，保持整潔美觀。吳伯伯雖是經商，卻讀過不少書，他告訴我，在空閒時候，練字，看他那手抄本的唐詩，知道他對詩也有興趣。我想，大概是這如詩如畫的景物使然，影響了他對詩喜愛吧。

「我每天清晨望水上日出，夜晚望水中明月，培育出一顆至善完美的心靈。這是我的財富。」吳伯伯好高興。

難怪吳伯伯身體那麼健壯。

有一年，我自廈門回家鄉，我去看吳伯伯，他消瘦了，好像沒有已往那樣開朗。照樣，他招待我喝茶，在庭院望湖，看水上的月亮。

「你能為我畫一幅「水上月」嗎？吳伯伯嘆了一口氣，「我恐怕要離開這裡了。」

「您幹嗎要離開，這裡不是很好嗎？」我感到奇異。

「不是我要離開，是我的兒子要我搬去城裡與他們共住。」吳伯伯的話停了片刻，「他們在城裡生意不錯，自己買了一幢別墅，所以要我們也搬去。」

「您可以與伯母留在鄉村，我看這裡很適合您住。」我說。

「起初，我堅持不搬，老伴卻動了心，竟想搬去城裡享福。」

吳伯母端茶出來，話讓她聽到了。

「不是我要享福才搬到城裡去住，為顧全兒子的面子，免得左鄰右舍的人罵他是不孝子弟，放著年老父母在鄉村不管。」

「其實，要是你們不搬，他們可以常常回村間來看你們呀！」我說。

「不行哪，他們事業大，那會有空閒時間跑鄉下。只好我們搬去城裡。」

「你這一次回去，為我畫一幅「水中月」給我作紀念。」吳伯伯傷心地，「這裡可能少會回來了。」

我試作「水中月」數幅水彩畫都未能表現出這湖面的美麗風光。因之，無法向吳伯伯交卷。

當我離開學校之後，服役軍中，我尚惦念著吳伯伯，事隔兩年，我回到故鄉，聽說吳伯伯仙逝了。

怎麼會那麼快去世呢？我一再打聽著。

說是吳伯伯遷城裡之後，他兒子把村間宅子賣掉。吳伯伯住在城裡，生活並不如意，又不能作修補小路的勞動工作。早晨起來看不到日出，夜晚看不到「水中月」，因此憂鬱成疾。不久就死去了。

臨死之時，再三囑咐，要埋葬在故鄉山麓，可以觀望湖上景色。

二十年之後，我作《水中月》歸入了連作《月亮的組曲》，紀念這位愛好大自然的老人：吳伯伯。

——七十一年七月十六日《自由日報》

飛躍的夜晚——月亮組曲之三

在月亮上昇的時候，人們的活動逐漸沈寂下來。我永遠記得故鄉的岡子上林，那飛躍的月晚。當月亮爬上林間，四處歸鳥，迴旋飛舞，牠們那樣一種吱吱喳喳的鳴叫聲。這岡子上林本來就很美，加上月光渾金黃色，再加上百鳥飛舞的動態美，吸引了許多鄉民的愛好。

岡子上林又叫「鳥林」，白天這裡，稀稀疏疏的樹林，卻看不到鳥，黃昏，鳥從各處歸來，岡子上林就熱鬧起來。鳥為什麼會宿在這林子裡，村里的傳說不一。有些獵人在這裡打鳥，都會遇到意外傷亡，所以岡子上林一帶沒有人敢去捕殺鳥類的，這裡終成了鳥的保護區。

大表哥從城裡帶三位同學回家，其中一位名叫陳秀姑的，提議晚上去岡子上林看鳥，大表哥邀我同往。

「聽說岡子上林，月亮出來時最美，百鳥歸來成為飛躍的月晚。」陳秀姑說。

「那小路晚上不好走，要帶手電筒才行。」我說。

「都準備了，不必你操心。」大表哥準備周到，其他的不用再提了。

出發前，姑媽再三叮嚀，一路小心。陳秀姑一身獵裝打扮，背著照相機，興致勃勃地，緊跟在我後面。其他二位同學及大表哥都落在後面。

「小表弟，要走多少路程？」陳秀姑問。

「大概二三里路吧。」其實我也不知道，到底有多少路程的。

田野小道是不太好走，轉個彎又是一個彎。

「那個彎過去，就是岡子上林了。」我指著前面的山岡說。

正在轉過彎，一隻青蛙噗通一聲，從路邊跳下水田裡。

「哎呀！」陳秀姑嚇了一跳。「這是什麼？」嚇住了，臉色發青，將要暈倒了，大表哥前來扶著她。

她嚇住了，不是怕那隻青蛙，而是道路旁的一尊石像。這尊石像樣子像是祖師公，有人的大小，盤坐著，面貌的眼、鼻、嘴都已模糊，可說是最難看的一尊菩薩。就這石像四周的香及紙灰看，好像是蠻靈的。

「哎，這石像，雕工最差的石像。不像神，像鬼。」大表哥指著佛像罵。

也不知道這尊石像是何時立的，看來歷史悠久，石像變烏黑，雕刻線條也已模糊不清。我想，應該是在樹底下造一小土地公廟的，怎麼弄這麼大的一尊祖師公放著，露天，沒有廟宇，又是在這轉彎地方，容易嚇壞人家。

「你們看，好美。」另一同學，指著岡子上林歡呼起來。

大家的視線從石像移至岡子上林。一輪明月掛在林中，百鳥飛翔林間，的確太美了，陳秀姑突然好了，臉有喜色，拿著照相機，獵取鏡頭，東拍一張，西拍一張，開始忙碌起來。

「太好了，美景難逢，不要讓月亮爬上樹梢。」陳秀姑忙碌著照相。

「月亮爬在樹梢上也不壞。」我認為樹梢的明月，樹林間的飛鳥，也能構成美的畫面。

「不，我喜歡林中的月亮。」陳秀姑說。

一小時之間，月亮上樹梢，慢慢地遠離樹林。陳秀姑的照相也停止了。回程時，我仍然走在前面。

「小表弟，不要走快，天暗了，路不好走。」陳秀姑用手電筒照著。

五個人有兩把手電筒，另一把手電筒是在大表哥手中。平安地回到家。三位客人住姑媽處，我獨自回家。

第二天清晨，大表哥跑來告訴我，說陳秀姑昨夜發高燒，頭痛厲害。向媽要了一些止痛退燒的藥品。我去姑媽家，陳秀姑躺在床上，雙眼緊閉，額頭上毛巾，用冷水敷著。

「昨晚她讓山下的那尊石祖師嚇壞了。」我說。

「是那尊石祖師？」姑媽問我。

「是呀。」我說。

「那麼，你陪姑媽去一趟。」姑媽說。

姑媽買了些香燭、冥紙之類東西，我陪她去岡下石像那裡拜拜。

陳秀姑燒退了，頭痛也好了。第三天下午，他們一伙兒才進城去。

週末，我進城買東西，去學校找大表哥，遇陳秀姑，問她那天相片的事。

「一片漆黑，我從來拍照就不曾這樣子過。」陳秀姑很洩氣地說。

「再去拍一次，敢去嗎?」我逗她。

「當然敢。」陳秀姑笑笑地說。

「我們都不奉陪，讓她自個兒去。」大表哥說。

——七十一年七月《自由日報》

海的悲泣——月亮組曲之四

我散步在十年前去過的海濱，立在高岩之上，遠望著海上明月，聽著海的悲泣；小蘭如果活著的話，她該是唸大學的時候了。

小蘭，可愛的小女孩，小學一年級學生，喜歡海。每逢假日，小蘭都會在海濱撿貝殼。一天，我去海濱作畫，一位小女孩站在旁看我畫海。

「你叫什麼名字，怎麼會自己一人來海濱？」我問她。

「我叫小蘭，我們三個人來玩，阿秋、小藝，他們在那岩石上。」小蘭指著那岩上的兩位女孩。「媽在那裡種花生，她不許我一人到海濱來玩。」

「那幢房子是你的家嗎？」我看到不遠地方的一幢房舍，在那婦人種花生的旁邊。

「是的，那房子不太好，下雨就漏水。不久我們要搬去城裡住，爸爸在城裡做生意。」小蘭說。

「你喜歡城裡，還是喜歡海邊？」我問她。

「我愛海，不喜歡城裡。」小蘭天真地說，「海邊可以撿貝殼。」

我的畫將要完成。

「這幅海怎樣？愛海的小女孩。」我問。

「叔叔，你還未畫貝殼呢。」小蘭指著我畫的海灘。

「貝殼？」我拿畫筆，在畫面岩石邊點了幾點。「這就是貝殼呀。」

「只有那幾粒？」

「都給你撿光了呀。」

小蘭笑起來，笑得天真可愛。

就這麼一面之緣，印象極深，一個月後的黃昏，我散步到海濱，沒有看到小蘭，而看到的是小蘭的媽，跪在沙灘上燒紙，很悲傷的哭泣著。我沒有往前問她，心中猜想必是小蘭遭不幸，我很難過地走回寓所。

第二天是週末，下午我再去海濱，有幾個小孩在撿貝殼。

「你們看見小蘭嗎？」我問他們。

「小蘭給海水沖走了，是在兩星期前的晚上。」一個光著身子的小孩說。

「好可憐，屍體都沒找到。」另一個小女孩說。

兩位小孩的話，證實了小蘭的不幸。

明日夜晚，我又到海濱，立在那岩上，望著海上明月，使我感覺與已往不同的，海在悲泣了，那兇猛的海濤聲不再有。所有聲音，全是那海的悲泣。

再一次看到小蘭媽媽跪在沙灘上燒紙，哭泣……

又再去海濱，心情可不一樣，憑弔小蘭重於欣賞海景，我怕看到小蘭媽媽跪在沙灘上燒紙，可是既來了，又會想去看看，當我走進小蘭媽媽燒紙的地方，沒有見人，而是一大堆貝殼。

「這是小蘭多年來撿的貝殼，有幾百種不同的。」一個小孩向我跑來。「小蘭媽媽已在昨天遷到城裡去住。」

「為什麼把貝殼放在這裡？」我問。

「貝殼是小蘭的，她媽媽要還給小蘭。」那小孩說。

月亮被一片烏雲遮蓋住了，一陣雨迎面打來，我抓起一把貝殼向海擲去。立在沙灘上，讓雨水濺濕了衣裳。

「小蘭，小蘭，你在何處？……」

——七十一年七月《自由日報》

三民叢刊書目

㉖作家與作品　謝冰瑩著
㉗冰瑩書信　謝冰瑩著
㉘冰瑩遊記　謝冰瑩著
㉙冰瑩憶往　謝冰瑩著
㉚冰瑩懷舊　謝冰瑩著
㉛與世界文壇對話　鄭樹森著
㉜捉狂下的興嘆　南方朔著
㉝猶記風吹水上鱗
・錢穆與現代中國學術　余英時著
㉞形象與言語
・西方現代藝術評論文集　李明明著
㉟紅學論集　潘重規著
㊱憂鬱與狂熱　孫瑋芒著
㊲黃昏過客　沙究著
㊳帶詩蹺課去　徐望雲著
㊴走出銅像國　龔鵬程著
㊵伴我半世紀的那把琴　鄧昌國著
㊶深層思考與思考深層
・轉型期國際政治的觀察　劉必榮著
㊷瞬間　周志文著
㊸兩岸迷宮遊戲　楊渡著
㊹德國問題與歐洲秩序　彭滂沱著
㊺文學關懷　李瑞騰著
㊻未能忘情　劉紹銘著
㊼發展路上艱難多　孫震著
㊽胡適叢論　周質平著
㊾水與水神
・中國的民俗與人文　王孝廉著
㊿由英雄的人到人的泯滅
・法國當代文學論集　金恒杰著
(51)重商主義的窘境　賴建誠著
(52)中國文化與現代變遷　余英時著
(53)橡溪雜拾　思果著
(54)統一後的德國　郭恆鈺主編
(55)愛廬談文學　黃永武著
(56)南十字星座　呂大明著
(57)重疊的足跡　韓秀著
(58)書鄉長短調　黃碧端著
(59)愛情・仇恨・政治
・漢姆雷特專論及其他　朱立民著

⑥⓪蝴蝶球傳奇 顏匯增著
・真實與虛構
⑥①文化啓示錄 南方朔著
⑥②日本這個國家 章陸著
⑥③在沉寂與鼎沸之間 黃碧端著
⑥④民主與兩岸動向 余英時著
⑥⑤靈魂的按摩 劉紹銘著
⑥⑥迎向眾聲 向陽著
・八〇年代臺灣文化情境觀察
⑥⑦蛻變中的臺灣經濟 于宗先著
⑥⑧從現代到當代 鄭樹森著
⑥⑨嚴肅的遊戲 楊錦郁著
・當代文藝訪談錄
⑦⓪甜鹹酸梅 向明著
⑦①楓香 黃國彬著
⑦②日本深層 齊濤著
⑦③美麗的負荷 封德屏著
⑦④現代文明的隱者 周陽山著
⑦⑤煙火與噴泉 白靈著
⑦⑥七十浮跡 項退結著
・生活體驗與思考
⑦⑦永恆的彩虹 小民著
⑦⑧情繫一環 梁錫華著
⑦⑨遠山一抹 思果著
⑧⓪尋找希望的星空 呂大明著
⑧①領養一株雲杉 黃文範著
⑧②浮世情懷 劉安諾著
⑧③天涯長青 趙淑俠著
⑧④文學札記 黃國彬著
⑧⑤訪草（第一卷） 陳冠學著
⑧⑥藍色的斷想 陳冠學著
・孤獨者隨想錄
⑧⑦追不回的永恆 彭歌著
A・B・C全卷
⑧⑧紫水晶戒指 小民著
⑧⑨心路的嬉逐 劉延湘著
⑨⓪情書外一章 韓秀著
⑨①情到深處 簡宛著
⑨②父女對話 陳冠學著

93陳冲前傳　嚴歌苓著
94面壁笑人類　祖　慰著
95不老的詩心　夏鐵肩著
96雲霧之國　合山　究著
97北京城不是一天造成的　喜　樂著
98兩城憶往　楊孔鑫著
99詩情與俠骨　莊　因著
100文化脈動　張　錯著
101桑樹下　繆天華著
102牛頓來訪　石家興著
103深情回眸　鮑曉暉著
104新詩補給站　渡　也著
105鳳凰遊　李元洛著
106文學人語　高大鵬著
107養狗政治學　鄭赤琰著
108烟　塵　姜　穆著
109河　宴　鍾怡雯著
110滬上春秋　章念馳著
111愛廬談心事　黃永武著
112吹不散的人影　高大鵬著
113草鞋權貴　嚴歌苓著
114是我們改變了世界　張　放著
115夢裡有隻小小船　夏小舟著
116狂歡與破碎　林幸謙著
117哲學思考漫步　劉述先著
118說涼　水　晶著
119紅樓鐘聲　王熙元著
120寒冬聽天方夜譚　保　真著

⑫ 儒林新誌

周質平 著

本書是旅美普林斯頓大學周質平教授，將其多年在國內外的華文報章上所發表的四十多篇論述雜文結集成冊。書中呈顯出所謂海外學人的千般樣態，嘲諷中不失幽默，值得您細心體會。

⑫ 流水無歸程

白樺 著

大陸知名作家白樺繼《哀莫大於心未死》之後又一本長篇小說。他的書取材是當代的，是改革開放後大陸所面臨的經濟文化與人慾的衝擊。書中的人物如高幹、富商、少女、情婦、歌星等，在金錢的誘惑下，一一呈顯出深沈黑暗而扭曲的人性面。

⑫ 偷窺天國

劉紹銘 著

善人走完了人生路途上天國，會幸福到什麼程度？天國的幸福，會不會只是塵世快樂的延續？在本書作者引領之下偷窺天國的結果，是否會發覺天國的無趣？永恆實在可怕，幸福和快樂如果遙遙無盡期，一樣會變為無聊、乏味。天國，是否就在當下。

⑫ 倒淌河

嚴歌苓 著

屢獲各大報文學首獎的嚴歌苓，繼《陳冲前傳》、《草鞋權貴》後又一本小說新著。內容包括十個短篇及一部中篇〈倒淌河〉。全書無論在寫景、敘事或對話，都極老練辛辣，辣得幾乎教人流出淚來。

⑫⑤ 尋覓畫家步履

陳其茂 著

出國旅行，是許多人心神嚮往的事。而世界各著名的美術、博物館，更是文人雅士們流連佇足之所。與其走馬看花、對大師們的作品僅留浮光掠影，淺嘗輒止；不如隨著畫家陳其茂教授的引領，在其敏銳且情感深致的筆觸下，一起尋覓畫家們的步履。

⑫⑥ 古典與現實之間

杜正勝 著

在古典與現實之間，一幕幕動人心弦的故事正激盪著你我的心。古典的真貌在不斷的探索中漸漸澄澈而透明。而現實的我們且懷著古典的情愫，在史學家杜正勝院士古典新詮的筆下，淺嘗歷史的滋味。

⑫⑦ 釣魚臺畔過客

彭歌 著

北京釣魚臺之盛名，並非全因這片神祕的迎賓貴地，而是在於它的歷史背景。是緣的牽引，將離去故都半世紀的作者引入這神祕的釣魚臺賓館……本書作者以纖細的筆觸，將自己多年飄泊生涯中的聞見感想，一幕幕真實清晰地展現在您眼前。

⑫⑧ 古典到現代

張健 著

涵泳於中國文學數十寒暑而樂此不疲的張健教授，在本書中除用粗筆勾勒歷代文學抽象的思潮外，更以細筆描述陶淵明、杜甫、孟浩然、王國維、魯迅、張愛玲……等文學家具象的風格與作品。篇篇都以作家的詩文為其依據，引領讀者一覽文學之美。

⑫⑨ 帶鞍的鹿

虹影 著

由一幅帶鞍的鹿畫中，牽引出一樁奇異的命案，主角和死者有著什麼樣的糾葛？帶鞍的鹿畫中又暗示了什麼樣的命運？作者以其深沈的筆調，藉著本書各篇小說，帶領讀者走向人類心靈的深處，去探索深藏於內心的桎梏。

⑬⑩ 人文之旅

葉海煙 著

本書作者以「人鏡」自任，用經世的情、關懷的筆，鏡映出人文百態。全書集結作者對自我、社會和文化等面相的諸多觀察及反思。一字一句，皆為知識分子的圓融智慧與淑世熱忱；一言一語，盡是紛乘社會的暮鼓晨鐘。

⑬① 生肖與童年

小民 著
喜樂 圖

十二生肖在每個農曆新年來臨時，都為年節的歡樂帶來一股高潮。這些可愛的動物們，為童年的生活增添了無限的趣味。本書紀錄了作者對於十二生肖的情感，和童年難忘的美好時光。加上喜樂先生細膩的插畫，讓生肖與童年的故事，一一鮮活起來。

⑬② 京都一年

林文月 著

京都是一個新舊互容的都市，有著高樓矗立及寬敞的街道，又存有古典風味的低矮木屋與不平的石板路。作者在京都的一年中，品味著這古都對文化保存、人情往來及文藝活動的諸般樣態，藉由她的生花妙筆，使讀者沈湎於京都典雅、優閒的情調。

⑬③ 山水與古典

林文月 著

山水景致，勾起了幾許文人的多愁善感；而古典文學，又蘊含著多少古人的人生情懷。

本書探討著古典作品和詩人之間的關係。筆調輕鬆而不輕浮；題材古典絕不枯燥。且邀您一同進入詩人的筆墨之間，翱遊在山水作品的世界裏。

⑬④ 冬天黃昏的風笛

呂大明 著

旅居法國的作者呂大明女士，以其一貫典雅柔美的風格和精致細膩的筆觸，表達出她對生活、自然的樂觀態度。她如詩般的作品，仿如一幅幅精美瑰麗的圖畫，靜靜地訴說著對美好人生理想的浪漫情愫。

⑬⑤ 心靈的花朵

戚宜君 著

本書作者一生從事文化的傳播工作，積累數十年的工作經驗及閱讀習慣，創作出一篇篇詞美意深的勵志散文。除了用以傳達理性的知識和感性的情懷外，並深切期望本書能敲開你的心扉、溫暖你的心靈，進而耕耘你的心田，綻放出美麗的心靈花朵。

⑬⑥ 親　戚

韓　秀 著

人間真情不分種族國界；世間的溫暖存在每一角落。在有風有雨的日子裡，亦或在恬淡如鏡的歲月中走過，是否有如詩般美麗的故事令人難以忘懷？是否忘了去感激那些曾經陪著你、關懷你的人呢？靜下思慮，就讓韓秀的慈心慧語洗滌你久未感動的心。

⑭域外知音

張堂錡 著

本書作者張堂錡先生歷年來針對世界各國知名漢學家進行訪談，透過感性的筆觸，生動的文字敘述，道盡了這群域外知音漢學研究生涯的甘苦，因這一路執著不渝的採拾和耕耘，呈現繽紛絢麗的色彩，並給予中國人新的研究觀點，重新檢視自己的文化。

⑭遠方的戰爭

鄭寶娟 著

當地理上應該是遠方的戰爭，而我們已能同步掌握其狀況時，地球村的思維方式已不是口號，而是現實。以更宏大的視野看待這世界，以更深入的態度反省既存的觀念，將曾經事不關己的遠方納入思維，於是你會發現心可以更寬廣，生活也會更豐富。

⑭留著記憶・留著光

陳其茂 著

作者的刻畫世界總讓人有無盡想像的空間，又傳遞著溫馨美麗的情感。此書收錄作者生活及其於國外遊歷時所記下的作品，點點滴滴，時而讓人會心一笑，時而讓人溫情滿懷，更有異國風光、園野之美呈現在版畫及真摯的文字裏，值得細細品味。

⑭滾滾遼河

紀剛 著

那是個遙遠的年代，那是個古老得近乎神話的故事。大時代的洪流中，上演的是一幕幕民族興亡、兒女情長。今日的人們也許早已淡忘，但歷史永遠不會忘記他們。就讓本書來為你溫習，屬於那個時代的中國人以血淚寫成的不朽傳說。

⑭⑤ 王禎和的小說世界

高全之　著

以〈嫁妝一牛車〉、〈人生歌王〉等小說及劇本著稱於世的王禎和，擅長描繪臺灣社會中的倫常、愛情，以及患難互助的友情，筆觸真實感人，在臺灣文學史上有很重要的地位。本書以專業的分析及討論，帶您進入這位文學巨擘的筆下世界。

⑭⑥ 永恆與現在

劉述先　著

本書為當代思想泰斗劉述先教授，繼《哲學思考漫步》之後又一結集力作。透過文字，讀者不僅可以了解作者如何通過自己的哲學理念去面對當前政治社會的現實；更有甚者，也可在作者哲學思路的引領下，重新思考，再對現實有深一層的體悟。

⑭⑦ 東方・西方

夏小舟　著

東方古老神祕而透徹，溫情而淡漠；西方快樂的吉他演奏悲情的歌。長年浪迹於日本與美國的作者，如同一葉小舟，以其豐富的情感，敏銳地觀察異國生活情趣不同面貌，進而以細膩文筆記錄下來，使讀者能藉由閱讀和其心靈有最深切的契合。

⑭⑧ 嗚咽海

程明琤　著

作者以行世的闊步、觀想的深情，帶領讀者閱歷世界——一同憑弔瑪亞文明的浩劫災難；吟咏廬山的懸松傲柏；繫情塞歌維亞的夕輝斜映；漫遊唐吉訶德的故鄉。更以人文的關懷，心靈的透悟來探思文化、體驗人生、拓昇智慧。

⑭⑨ 沙發椅的聯想

梅新 著

擔任中副總編輯多年，梅新先生經歷了文化界的春去秋來，看多了人事的起伏，由他敏銳的觀察力所發抒成的文字，也更能扣緊時代脈動。本書包含作家訪談、藝文評論、生活自述，透過這些真摯生動的文字，我們彷佛見到一幅筆觸淡雅的文化群相。

國家圖書館出版品預行編目資料

留著記憶・留著光／陳其茂著.--初版.--臺北市：三民，85
面；　公分.--(三民叢刊；143)
ISBN 957-14-2506-0 (平裝)

855　　　　85010932

國際網路位址　http://sanmin.com.tw

著作人　陳其茂
發行人　劉振强
著作財產權人　三民書局股份有限公司
臺北市復興北路三八六號
發行所　三民書局股份有限公司
地　址／臺北市復興北路三八六號
郵　撥／〇〇〇九九九八——五號
印刷所　三民書局股份有限公司
門市部　復北店／臺北市復興北路三八六號
重南店／臺北市重慶南路一段六十一號
初　版　中華民國八十五年十一月
編　號　S 85352
基本定價　伍元肆角
行政院新聞局登記證局版臺業字第〇二〇〇號

ISBN 957-14-2506-0 (平裝)